김복남 죽다 살다

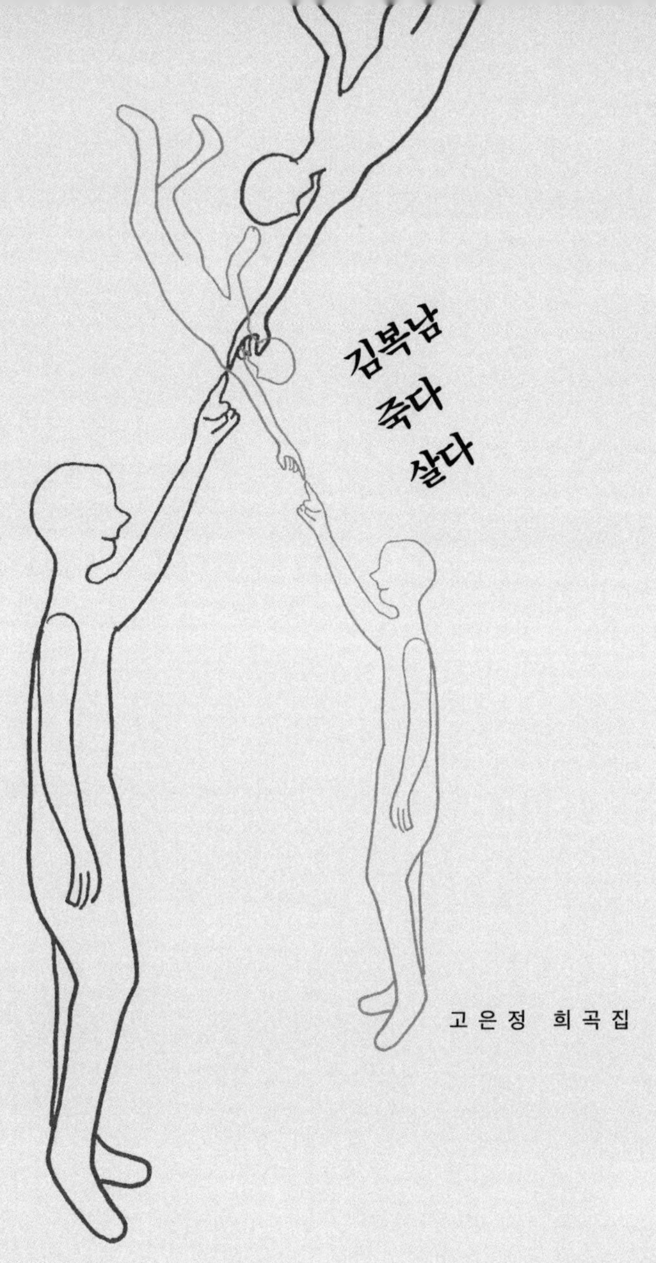

김복남 죽다 살다

고은정 희곡집

구름바다

차례

우리다

등장인물

우리

(우리는 9살이지만 성인이 연기한다)

소녀

백반장

최배달

고시원

강프로

갱번할매

독거할매

구라할배

슈퍼맨

띠엔

배달청년

소년

목사

엄마

곳

대도시 쪽방촌

때

현대

무대

무대 상수에는 끝없이 긴 계단이 있고 그 계단 위쪽에는 고층 건물들의 반짝거림이 있다.

무대 하수에는 단을 지어 위쪽은 쪽방촌의 외부와 내부가 동시에 보이고, 그 옆으로 골목길이 보인다. 쪽방촌 입구에는 박스들이 쌓여 있고 아주 작은 공동화장실도 보인다. 쪽방촌 앞에는 새마을슈퍼, 남루한 간판과 평상이 전부다.

상수 하단에는 공동작업실 구조물 출입이 가능하다.

무대 중앙은 비어있고 가로등이 쪽방촌과 계단 사이를 연결하고 있다.

계단 위와 아래는 서로 다른 시간이 흘러가는 듯 보인다.

1장

무대가 밝아진다.

박스로 눈사람을 만들고 있는 우리, 토끼 인형은 주머니에 담겨 있다.

우리   (관객들에게) 안녕, 나 아홉 살, 이름은 우리!

왜, 뭐, 이상해. 아홉 살! 속고만 살았나? 쫌 믿어, 그래야 연극 보기 편해.

그리구 토순이! 토순아, 인사해. 내 친구들이야.

뭐 친구들이 재수 없게 생겼다고, 떼찌 떼찌!, 나쁜 말 하면 이 형아가 혼내준다. 친구들 미안, 우리 토순이는 거짓말을 못 해.

눈사람, 너도 인사해. 녹지 않는 눈사람을 만들고 있어. 멋지지?

최배달과 고시원이 슈퍼 앞 평상에서 장기를 두고 있다.

최배달   차를 징허니 애끼요잉.

고시원	….

최배달	잡아잡사브러, 쫄따구!

고시원	….

최배달	그라제. 그라믄 포로 차 잡고.

고시원	장이야!

최배달	아따, 니미 씨벌… 또 베래묵었다냐.

	나가 요리 딱, 딱, 딱치고…. 환장하겠네. 요놈이 왜 거그

	서 나와?

고시원	장기 두던 양반 어디 갔남.

최배달	참말로 요상시럽네, 나가 요래 요래 가고… 성님이 요래

	요래 오고….

	(장기판을 엎는다) 염병, 다시 혀.

고시원	담배 다섯 가치.

최배달	다시! 다시!

고시원	다시는 나주 옆이 다시고.

최배달	정 없이 그라믄 써? 고향 선후배가 그라믄 못 써라.

고시원	광주서 태어나기만 했고 쭈욱 서울 살았어, 나 서울 토박

	이야.

최배달	음마, 탯자리가 을매나 중한디… 잉 여그 안거봐.

고시원	줄 거 먼저 주고.

최배달	에라이~ 더러워서 준다, 줘.(담배를 꺼내서 헤아려준다)
고시원	한 가치가 빈다.
최배달	헤헤 외상!

최배달은 장기 알을 다시 모은다.

우리가 두 사람 쪽으로 다가온다.

우리	아저씨, 백 원 (손을 내민다)
최배달	내일 꼭 주께잉. 우리야, 느그 엄마한티는 말 안 했제?
우리	(끄덕끄덕)
최배달	오메, 착허다.

강프로 허겁지겁 쪽방촌에서 나와 슈퍼 앞을 지나간다.

| 최배달 | 성님, 또? |
| 강프로 | 으…. |

공동화장실로 간다.

| 최배달 | 오메, 곰방 싸겄다, 싼다! 씨언허니 싸브러! |

어야, 고시원! 쩜 십! 첫 빽 있고 첫 따닥, 흔들믄 꼽쩔인
거 알제?

최배달　　　한 판 땡기세.

고시원　　　또 판 엎을라고?

최배달　　　아니, 나가 판을 엎을라고 엎은 것이 아니고, 요놈의
손목탱이가 실수를 해븐 것이제.

고시원　　　바둑으로 가세.

최배달　　　고것은 주 종목이 아닌디.

고시원　　　싫음 말고.

최배달　　　으따, 가세 가.

고시원　　　담배 다섯 가치.

최배달　　　콜!

'뿌지직' 설사하는 소리.

최배달　　　소리 좋고!

최배달과 고시원 바둑을 두기 시작한다.
백반장 양동이와 빗자루를 들고 나와서 씩씩거린다.
쪽방촌 입구를 청소한다.

백반장   전생에 뭔 악연이 있으까, 개새끼들!

          시도 때도 없이 역다가 똥을 싸. 걸리기만 해봐, 아작을

          내야 쓰겄어.

강프로 기운 없이 공동화장실을 나온다.

백반장   처먹었으면 곱게 쌀 것이지, 개새끼!

강프로   (오해한다) 말이 심하네.

백반장   건들지 마쇼. 열불나 죽겄소.

강프로   물도 위에서 아래로. 흐르는 것이 순리고… 입으로 들어

          갔으믄 어디로든 나와야 순리고… 먹었으믄 싸야제.

백반장   사람이건 개새끼건 항시 뒤가 깨끗해야제, 개새끼, 잽히

          믄 똥구멍에다 뽄드 칠을 해벌라.

강프로   ….

최배달   헤헤 강프로, 개새끼들 야그여. 왈왈! 하도 똥을 퍼싸니께.

강프로   흐미, 놀래라. 난 또. (바둑판을 본다)

고시원   강프로! 훈수 둘 생각 말어.

강프로   알었어.

백반장   고시원 아제, 전기장판 고장 났다는 거, 구라 아니지?

고시원   삼년도 넘었어. 수리비가 더 들어서 그냥 방에서 썩고 있

는 거 봤음서.

백반장 최씨 아제! 저번에 보니까 전기 히터 있던데.

춥다고 끼고 사는 거 아녀라.

최배달 아따 양심이 있제, 애껴서 쓰네.

그라고 아침은 패스, 점심은 무료급식, 저녁은 술로 때

우고.

전기밥통, 부루스타 없는 집은 우리 집 뿐이여.

백반장 할매들을 족쳐야 쓰겄구만. 전기세가 3만원이 더 나왔네.

강프로 백반장, 봉위수기라는 말이 있지.

위험을 만나면 속히 손을 떼든지 시기가 올 때까지 건

드리지 마라!

백반장 또 시작이네.

강프로 선택과 집중이라는 말이 왜 있겠어.

백반장 나서는 것이 수상한데. 아제…

강프로 난 아녀.

백반장 … 촉이 와.

최배달 돈 더 못 내.

고시원 별 수 있나 내야지.

최배달 요것이 말이여 막걸리여. 절대 못 내!

고시원 쪽방촌에 전기세를 따로 받지 않는 건 월세가 있기 때문

이고 전기세가 올라가면 자동으로 월세도 올라가지만,
이런 상황에서도 월세가 올라가지도 않고 월세랑은 아무
상관이 없는 사람!

모두　(백반장을 주시한다)

백반장　… 뭘 쳐다보고 지랄이까.

우리　(관객들에게) 빙고! 엄마랑 나랑 둘이 사는 집은 우리 집
뿐이걸랑.

쪽방촌엔 다 혼자야. 뭐 사는 게 다 혼자지만. 싱글! 어
른들은 독거라고 하던데. 건물 주인이 엄마한테 쪽방촌
관리를 맡긴 뒤로 우리집은 월세를 내지 않아. 자동으로
전기세도 내지 않게 되면서 엄마 씀씀이가 많이 커졌지.
우리 집 부자야. 티브이, 라디오, 선풍기 있을 건 다 있
으니까. 딴 방들은 다 1.5평인데, 우리 방은… 이건 절대
비밀인데, 방 두 개를 합친 거라 엄청 넓다~.

최배달　그려, 백반장은 우리까지 키울라믄 전기를 많이 써야겠지.

고시원　아홉 살이믄 한창 클 나이라서 많이 먹겠는데.

강프로　그렇지, 우리가 아홉 살로 보여. 먹어도 엄청 잘 먹었을
거고 그렇다면….

백반장　모르는 소리 말어요.
월세만 감해줬지, 전기세 더 나오면 나도 분빠이해서 낸

다고.

강프로 에에 또 선수를 뺏기네. 치고 나왔어야 했는데.

백반장 허이고 아제는 치고 나올 생각 말고 방이나 치워, 방이
난지도야.

강프로 세고취화! 상대와 싸울 때 내 돌이 외롭거든 일단 평화를
선택하라!
백반장, 쏘리!

백반장 허이고, 입만 살았지.

우리 잠깐!

모두 정지, 우리가 한 명씩 소개를 한다.

우리 (관객들에게) 옛날에 아마추어 바둑 기사였다는 강씨 아
저씨!
여기선 강프로라고 불러, 이상한 말만 해서 외계인 같지
만, 이젠 적응해서 괜찮아.
여긴 최씨 아저씨! 배달의 민족답게 안 해본 배달이 없
다나, 사고가 나서 다리가 저래. 그리구 우리 쪽방촌에
서 제일 똑똑한 고씨 아저씨, 내가 뭘 물어보면 다 알아.
척척박사야. 어릴 때 천재 소릴 들었다는 고씨 아저씨는

공부는 많이 했는데 계속 시험에 떨어져서 평생 고시원
에서 살았대.

마지막으로 우리 엄마는… 음… 패스할게. 앞으로 보면
알아.

계단 위에서 배달청년이 달려 내려온다.

배달청년   안녕하세요. (최배달에게) 배달!

최배달   배달!

우리   형아, 안녕!

배달청년   우리구나, 만들고 있는 건 뭐야?

우리   눈사람!

배달청년   겨울에 눈으로 만들면 좋을 텐데.

우리   아냐, 눈으로 만들면 녹아서 없어지잖아.

이건 녹지 않는 눈사람이야.

배달청년   이야, 그 생각은 못했네. 근데, 눈사람이 동그란 게 아니
고 사각형이네.

우리   형! 공부 못 하지? 눈사람이 동그라면 잘 넘어지지만, 이
렇게 네모로 만들면 절대 넘어지지 않아, 보라구~

배달청년   우와, 그렇네. 형이 거기까진 생각 못했는걸.

우리　　　　그리고, 이건 내 양말! 이렇게 걸어두면 산타 할아버지가
　　　　　　선물 주실 거야.

배달청년　　그래, 우리는 착하니까 선물 많이 주실 거야.

우리　　　　앗싸! (관객에게) 치이~ 산타 같은 소리하네. 산타는 계
　　　　　　속 산이나 타고 있겠지.
　　　　　　크리스마스 선물! 엄마가 양말에 넣어주는 거 모르는
　　　　　　얼라들이 어딨어.
　　　　　　우리가 한두 살 먹은 어린앤가.

백반장　　　나를 주지, 고생스럽게.

배달청년　　아뇨, 제가 드릴게요. 직접 얼굴도 뵙고 말동무도 해드리
　　　　　　고 와야죠.
　　　　　　그럼, 어르신들 내일 또 봬요.

배달청년　퇴장한다.

백반장　　　듬직하다. 딸 있으면 사위 삼고 싶다.
　　　　　　그 뭣이냐, 엄친아! 그래 엄친아 스타일인데 마음씨까
　　　　　　지 고와, 키야~
　　　　　　저때는 연애한답시고 가시나 꽁무니만 따라댕기는 속창
　　　　　　아리 없는 놈들이 천진디.

최배달　　고시원 성님! 저것이 다 봉사한다고 댕기는 것 맞제?

고시원　　그 사회복지 쪽 공무원이면 봉사가 아니고 업무에 충실
　　　　　하다, 요래 봐야지.

백반장　　허이고, 우리들이 여기 몇 년을 살았어도 코빼기도 안 보
　　　　　이는 것이 공무원 아니요. 어쩌다 찾아와서도 어리신들 들
　　　　　여다보는 시늉만 하고 내빼고. 여기 냄새는 뭐가 다른가?

강프로　　달라, 암 많이 다르지.

백반장　　강프로 진짜 냄새나? 나는 모르겠는데. (냄새를 맡아본
　　　　　다.) 그런가….

최배달　　다 그렇지 뭐, 자기 부모도 나 몰라라 하는 시상에 공무
　　　　　원이 그만하믄 쓰제. 너무 바라덜 말어.

강프로　　최씨 돌 던져라. 중앙 대마가 싹 잡혔다.

고시원　　담배 다섯 가치!

최배달　　음마, 차코 말을 시켜싼께 집중이 안 되는구만. (백반장
　　　　　을 쳐다본다)

백반장　　참, 입은 있어도 할 말이 없네.

모두　　　(웃는다)

최배달　　성님! 단기 속성으로다가 바둑 좀 갈채주쇼.

강프로　　입으로?

최배달　　나가 요새 (지루박을 춘다) 요것에 빠졌단 말이요, 내가

성님 손 한번 잡아주께라, 으짜요?

강프로 되았네.

배달청년이 갱번할매를 모시고 나온다.

백반장 출타 하실라고요?

갱번할매 차를 타라고? 멀미나는 디 차를 타라고. 썩을 년.

배달청년 정기 검진이 있어서 보건소 모시고 가요.

최배달 아따, 나랍이 서 있응께, 꼭 할매 손지 같다.

배달청년 할머니, 할머니 손주 할까요?

갱번할매 잉, 우리 손지, 윤섭이… 그 놈이 지 아비를 닮아서 효자
도 그런 효자가 없지

모두 그럼요.

갱번할매 꼬박꼬박 통장에 용돈 부쳐, 날이면 날마다 옷가지 사서
날라

모두 예에~

갱번할매 한번은 막국수가 먹고 싶다니까 춘천까지 가서 막국수를
사왔드라고.

모두 세상에~

갱번할매가 백반장을 붙들고 이야기가 길어진다.

최배달   소주 생각난다. 한 잔 어뗘?

고시원   난 콜!

강프로   자네가 쏘는 겨?

최배달   돌았어, 천 원씩 모태.

강프로   돈 없어.

고시원   내가 빌려주께.

강프로   이자는 없는 거지.

고시원   벼룩에 간을 내먹지.

강프로   며칠 품 판 거 나오면 줌세.

백반장   할매, 해 떨어지기 전에 얼른 다녀오세요.

갱번할매   니년 모가지가 떨어질겨. 전기세 올리지 말어.

백반장   오메, 우리 할매 정정하시네. 에에 언능 다녀오세요.

갱번할매   우리 손지, 윤섭이… 그 놈이 지 아비를 닮아서 효자도 그런 효자가 없지.

모두   그럼요.

갱번할매   꼬박꼬박 통장에 용돈 부쳐, 날이면 날마다 옷가지 사서 날라.

모두   예에~

갱번할매　　한번은 막국수가 먹고 싶다니까 춘천까지 가서 막국수를

　　　　　　사왔드라고.

모두　　　　세상에~

백반장　　　어서 다녀와.

배달청년　　그럼, 다녀오겠습니다.

백반장　　　그래, 조심하고.

배달청년　　네에.

배달청년은 갱번할매를 모시고 계단을 조심조심 올라간다.

모두 애잔하게 쳐다본다. 가로등에 불이 들어온다.

백반장　　　이 시간에 불이 들어오고 지랄이지.

　　　　　　혹시 요것 땜에 전기세 많이 나온 거 아녀.

최배달　　　무식허기는, 가만 있으믄 중간이래도 가제.

강프로　　　백반장, 지금 둔 그 말은, 악수다. 악수!

고시원　　　가로등은 죄 없어.

백반장　　　하여간 이놈의 동네는 사람이고 물건이고 성한 것이 한

　　　　　　나도 없어.

　　　　　　죄다 내다버려야지, 다 고물, 폐물뿐이지.

최배달　　　앗싸, 엿 바꿔 먹자.

모두   (바보들 같이) 키키키키.

강프로   어이, 슈퍼! 여기 소주 한 병에 라면 한 봉지만 끓여주소.

슈퍼맨   (소리만) 외상 술은 못 주네요.

고시원   우리도 돈 있어. 괄시하지 말어.

슈퍼맨   (소리만) 예에~ 금방 갑니다.

골목길 사이로 구라할배가 폐지를 담아 손수레를 밀고 내려온다.

슈퍼맨이 쟁반에 소주 한 병과 컵을 내온다.

최배달   먹다 남은 김치쪼가리 없는가.

슈퍼맨   흠… 진짜 외상 달지 마쇼.

최배달   속고만 살았나, 오늘은… 만득 할아부지, 여그라~

             만득 할아부지가 낼 것이여.

슈퍼맨   벼룩에 간을 내먹소.

최배달   만득 할아부지, 역서 한잔 묵고 가세라.

고시원   예에~ 저희도 이제 막 시작했구만요.

구라할배   (가방을 보여준다) 돈!

강프로   돈? 뭔 돈?

구라할배   쉿!

모두   쉿?

구라할배   (주위를 살핀다) 오다가 가방을 주웠어. 가방에 돈이….

최배달   거봐, 오늘 만득 할아부지가 쏜다고 혔제?

모두   (모여든다)

구라할배   쉿! 비밀!

모두   비밀!

슈퍼맨   할아버지, 그 돈 가방 어디서….

구라할배   저어기… 삼거리 지나서.

모두   삼거리 지나서.

구라할배   시장 입구에. 뻥튀기 아저씨… (씩 웃으며) 뻥이야!

모두   에이….

최배달   할아부지, 저번에 내기해서 졌지라. 그랑께 여그 술 사
시쇼.

구라할배   (최배달 머리통을 친다) 어린 놈의 자석이, 내가 살면 얼
마나 산다고.

최배달   가는 디는 순서 없담서라.

구라할배   오늘 순서 한번 정해볼텨?

최배달   아따, 농이여라, 농! 아따, 요것은… 너구리?

구라할배   아나 너구리!

강프로   진! 진이다!

구라할배   요것은. 안성이다!

슈퍼 안쪽에서 띠안이 라면을 내온다.

띠안   틀렸다! 이거… 신! 신라면… 맛있다.

모두   에이….

최배달   슈퍼댁! 베트남 친정은 잘 댕겨왔어?

띠안   내 이름은… 슈퍼댁 아니다… 띠안! 띠안이다.

최배달   그려. 그 띠양~~~

띠안   아저씨, 이상해. 고향… 안 갔다.

최배달   왜, 안 갔는디, 간다고 좋아했잖여.

슈퍼맨   들어가, 띠안!

띠안 슈퍼 안으로 들어간다.

구라할배   잘 붙어있어. 몇 년 되었지?

최배달   뭐라, 띠양?

슈퍼맨   띠안! 띠안!

최배달   그려, 띠양! 나가 그쪽 발음이 약혀. 허허.

구라할배   삼사 년 조용히 살다가 돈 떨어지면 집 나가는 베트남

여자들 많다고.

고시원   다 옛날 말이죠. 요새는 잘 살아요.

지참금 보내가며 데려오던 시절하고는 많이 달라졌죠.

최배달	친정 좀 보내주지. 싸웠어?
슈퍼맨	오냐 오냐 잘해주니까 기어오르잖아요.
	남동생 데려와서 공부 시키고 싶다고 난리를 피워서….
최배달	때렸어?
슈퍼맨	아뇨.
최대달	참 보고 있으믄 짠하드라고, 말이 통하길 혀, 가족들을
	볼 수가 있어. 음식도 그리고….
슈퍼맨	일절만 하세요.
구라할배	참, 베트남 하니까 월남 참전했을 때 생각난다.
고시원	할아버지가요?
구라할배	아니, 내 불알친구 삼식이.
모두	아~
구라할배	가난이 원수지, 전쟁통에 부모 잃고.
고시원	그 할아버지요?
구라할배	아니, 내가.
모두	네에?
구라할배	결혼을 하고 십 년만에 각시가 도망을 갔네.
슈퍼맨	할아버지… 부인이….

구라할배　아니, 십 년 후 니 각시가.

슈퍼맨　(성질을 낸다) 할아버지!!!!

구라할배　그러니까 타국에서 왔다고 괄시하지 말고 잘혀.

슈퍼맨　나처럼만 하라고 하세요.

모두, 술을 주거니 받거니 권한다.

다시 웃음 바다.

우리　(관객들에게) 우리 동네를 사람들은 쪽방촌이라고 불러. 바둑판처럼 칸칸이 모여 있는 작은 방에서 살거든. 여기 어른들은 진짜 웃겨. 맨날 먹을 생각만 해. 아침 먹으면 점심은 어쩌지, 점심 먹으면 저녁은 어쩌지. 저녁 먹으면 내일 아침은 어쩌지. 웃다가 욕하고 웃다가 싸우고, 진짜 이상하지?

암전.

2장

어둠 속에서 가스버너 켜는 소리.

부스럭거리는 소리.

우리   (소리만) 엄마, 오늘은 뭐야?

백반장   (소리만) 삼분 카레!

우리   (소리만) 치이, 돈까스 먹고 싶은데.

백반장   (소리만) 내일 먹자.

우리   (소리만) 약속했다.

백반장   (소리만) 어서 먹어.

노크 소리 들린다.

'똑똑똑'

소녀   (소리만) 저기요!

무대 밝아지면, 소녀가 쪽방촌 입구에 서 있다.

백반장과 우리 집안에서 나온다.

우리	우와, 이쁜 누나, 이쁜 누나다!
백반장	누구… 누구 찾아왔니?
소녀	아뇨. 방을 구한다고 하니까, 슈퍼 아저씨가 여기로 가보라고 해서요.
백반장	학생 같은데… 여긴, 학생이 살만한 곳이 아니야. 저 위로 가면 원룸도 있고, 고시텔도 많을 텐데.
소녀	방, 그냥 주세요.
백반장	여기는 할머니, 할아버지들이 사는 곳이야. 너, 가출했니? 부모님은? 부모님은 아셔?
소녀	아이씨… 돈 줄 테니까 그냥 방 주세요.
백반장	걱정이 돼서 그러지.
소녀	왜요, 가출 청소년 같아요? 경찰에 신고라도 하시게요? 저, 고등학교 졸업했어요, 미성년자 아니라구요. 부모님은 이혼하셔서 저한텐 관심도 없어요.
백반장	여기는 겨울이면 너무 춥고, 또 화장실도 밖에 있어. 공동화장실이라서 살기 불편할 거야.
소녀	아줌마랑, 요 꼬맹이도 살잖아요.
백반장	그래… 그럼 우리 옆방이 비었는데, 볼래?
소녀	얼마에요?
백반장	월에 15만 원.

소녀　　　두 달만 쓸 거니까. 여기요.

백반장　　그래, 여기는 전기세랑 물세는 따로 없다.

　　　　　대신 더 나오면 각 방에서 조금씩 더 내야 해. 월세가 늘

　　　　　어나는 거지.

소녀　　　(방문을 열어본다)

백반장　　안 쓰던 방이라, 냄새가 좀 날거야. 냄새 제거하는 거 있

　　　　　잖니, 그거 사서 뿌리면 괜찮아. 창문이 없어서 겨울엔

　　　　　덜 춥지.

소녀　　　잠만 잘 거니까 괜찮아요.

백반장　　그래….

우리　　　이쁜 누나, 우리 옆 방이네. 내 이름은 우리야.

소녀　　　(방문을 닫고 들어간다)

우리　　　….

소녀　　　(다시 방문을 연다)

우리　　　누나!

소녀　　　방문 자물쇠가 고장 났어요. 문이 안 잠겨요.

백반장　　내일은 꼭 손봐줄게. 우선 밑에 달린 쇠고리만 걸고 자.

소녀　　　(다시 방문을 닫고 들어간다)

소녀의 방에 환한 불빛이 들어온다.

각각의 방에 불빛이 들어오면, 그들의 모습이 보인다.

강프로   욕심을 부리면 이길 수 없다!

            (에췌!) 추위를 이기려면… 욕심을 버리자. (솜이불을

            걷어낸다)

            춥다! (다시 솜이불을 뒤집어쓴다)

독거할매   (쩝 쩝 쩝 쩝!) 이놈들이 굶겨죽일 작정이여.

백반장   할매! 방문 앞에 도시락!

            할매가 문을 안 열어줘서 두고 간다고. 얼른 드셔요.

고시원   어이, 최씨! 들어왔어? (전기 히터의 불빛) 자네가 애끼

            는 히터 내 방에 있네. 살겠다. 요놈만 있으면.

백반장   (들으라고) 전기세 잡아먹는 귀신이 있나. 메타기 잘 돌

            아간다!

고시원   (전기 히터 불빛 꺼진다)

갱번할매   누구는 여름 바다가 좋다는데 내는 가을 바다가 최곤기라.

            아부지가 쩌어 멀리서 만선기를 달고 오면, 동네 사람들

            다 나와서 전어를 선별해서 소금에 절이고, 내는 지금도

            그 비린내가 그립다.

고시원   오죽하면 집나간 며느리가 전어 굽는 냄새 맡고 돌아온다

            고 했겠어요.

강프로 　전어가 그렇게 맛있나, 삼겹살보다?

고시원 　삼겹살 저리 가라지.

강프로 　히야~ 조용한 것이, 배달의 민족, 최배달이! 최씨는 아
　　　　직인가?

백반장 　어디서 술 처묵고 있겠지.

강프로 　호구도 적당히 쳐야 좋은 것이네.

백반장 　호구⋯ 호구! 지금 호구라고 하셨소.

강프로 　행마가 꼬일 수 있다고.

백반장 　내 인생 꼬인지 오래요.

구라할배 　송해 알지?

모두 　(구라할배 방쪽을 향해 귀를 귀울인다)

백반장 　송해? 전국노래자랑 송해요?

구라할배 　내일 우리 동네에 전국노래자랑 예선 온다네.

모두 　진짜요?

구라할배 　뻥이야~

백반장 　송해! 돌아가셨어~

모두 　(자리에 눕는다)

'목포의 눈물'을 부르면서 쪽방촌을 지나서 자신의 방으로 가는 최
배달.

최배달	사아공에 뱃 노래, 가아물을 거어리면
	삼학또오오 파도오 깊이 숨어 드는데
	부두에 새에아악시 아롱져진 옷 자아락
	이별에 눈물이냐 목포의 설움~~

가는 사이 오줌이 마려워 독거할매 방문에 오줌을 싸는 최배달.

독거할매	비, 비 온다! 비 와!
백반장	(성질을 부린다) 최씨!
최배달	지송합니다. 지가 전국 팔도 안 가본 디가 없는 놈인디 요라고 다리 병신이 되야븐께 오라는 디는 없고, 목구녕은 포도청이고….
	요 꼬라지로 살지 알았겄소. 꼭 성공해서 고향 땅에 돌아가고 싶은디 운다고 옛사랑이 오리오 마는 눈물로 달래보는 서글픈 이 밤 조용히 창을 열고~ (방으로 들어가서 쓰러진다)
우리	엄마, 나 오줌.
백반장	지랄 났다!
우리	급해.
백반장	저녁에 물 많이 먹지 말라고 했지. 화장실 멀다고.

우리   싼다! (오줌을 싼다)

백반장   병신 새끼! 참았어야지. (등짝을 때린다)

우리   으앙~

소녀   (더듬이가 긴 곤충의 그림자) 으악~~~ (베개를 들
            고 사투를 벌인다)

모두   (각자 자신의 방에 살충제를 뿌린다) 치익.

시계 똑딱거리는 소리, 한참 들린다.

전체 암전, 소녀의 방만 희미한 불빛.

위에서 하얀 물체가 뚝 떨어진다.

목을 맨 사람. 소녀의 비명 소리.

으악~~~~~~~

모두   (각자 자신의 방에 살충제를 뿌린다) 치익.

소녀는 밖으로 나온다.

우리, 지나가는 소녀의 실루엣을 본다.

소녀는 쪽방촌 입구를 벗어나 계단 입구 가로등 밑으로 온다.

뒤따라온 우리. 소녀 웅크리고 앉아서 운다.

가로등에 불이 들어온다.

우리   (엄마 옷을 덮어준다)

소녀   (얼굴을 든다)

우리   추워!

소녀   (덮고 있던 옷을 다시 준다)

우리   누나랑 같이.

소녀   (함께 옷을 덮는다) 안 추워?

우리   쪼금.

소녀   꼬맹이 넌 왜 나왔냐.

우리   꼬맹이 아냐, 우리야. 백. 우. 리!

소녀   그래. 우리.

우리   누나, 귀신 봤지?

소녀   너, 어떻게 알았어?

우리   난, 다 알아.

소녀   꿈인지 생신지 구별이 안 가긴 했는데.

우리   목을 맨 귀신.

소녀   그래. 그거.

우리   그 방에서 할머니가 목을 매고 자살하셨거든.

소녀   진짜?

우리   방마다 귀신들이 살아.

          103호 할머니 방에는 얼어 죽은 할아버지 귀신이 살아.

그리구 107호 최씨 아저씨 방에는 굶어서 죽은 귀신이
살지.

심장마비로 죽고, 열사병으로 죽고, 자살해서 죽고.

소녀　호러 영화 많이 봤냐.

우리　죽는 걸 봤지.

소녀　어딜 가나 쉽지가 않다. (담배를 꺼낸다)

우리　(빼앗아 끊어버린다)

소녀　야!

우리　미성년자가 담배 피우면 죽어!

소녀　나 미성년자 아니거든.

우리　(빤히 쳐다본다)

소녀　에이씨, 일 년만 지나면 고삐리 아니라고.

우리　(계속 쳐다본다)

소녀　니가 뭘 안다고. 담배라도 피워야 살겠거든.

우리　(대뜸) 누나 걱정되니까.

소녀　… 어린 놈이 어른같이 말하네.

너, 그거 좋은 거 아냐. 병이야. 엄청 빨리 늙어서 죽는 병.

애늙은이!… 키키키키키.

우리　나도 알아, 내 병. 그래서 나 학교도 안 가.

소녀　뭐?

우리　　　(토순이를 보여준다) 토순이가 가르쳐줬어.

소녀　　　(이상한 아이다)….

우리　　　나 태어날 때 운석이 떨어졌는데 그 중에 제일 작은 운석
　　　　　이 내 심장에 떨어져서 여기, 쿵! 그래서 심장에 구멍이
　　　　　났대.

소녀　　　그러니까, 이 토끼 인형이 그래?

우리　　　토순이는 다 알아, 달에서 떡방아 찧으면서 별들이 하는
　　　　　이야기 다 들었대. 그 이야기 해주려고 달에서 지구로 왔
　　　　　대, 나 때문에.

소녀　　　… 좋겠다.

우리　　　누나는 내 말 안 믿네.

소녀　　　누가 그 말을 믿냐.

우리　　　우리 동네 할아버지 할머니들은 다 믿어.

소녀　　　그 얘길 다 했어?

우리　　　그럼. 우리는 서로 모르는 게 없어.

소녀　　　헐!

우리　　　누나는 너무 비극적이야!

소녀　　　으하하하하. 야 너어! 골 때린다.
　　　　　그럴 땐, 비관적, 아니 부정적이야! 이렇게 말하는 거야.

우리　　　나도 알아. 자본주의 사회에서는 유머를 잃지 말아야 살

아갈 수 있대.

소녀　　토순이가?

우리　　아니, 책에서.

소녀　　대단하다. 인정!

우리　　그럼, 나 이제 누나 동생이지.

소녀　　뭐?

우리　　인정한다면서.

소녀　　뭐든 지 맘대로구만. 그래, 좋다. 맘에 들어.

우리　　(껴안으며) 나도 누나가 맘에 들어.

소녀　　너, 진짜 아홉 살 맞니?

우리　　(씨익 웃는다)

암전.

3장

무대 중앙에 조명이 들어오면 공동 작업장의 모습.

신나는 트로트 음악이 흐르고, 쪽방촌 사람들 모여서 작업을 하고

있다.

우리의 친구, 토끼 인형들이 산더미처럼 쌓여있다.

한쪽에 백반장과 최배달, 독거할매가 모여서 작업을 한다.

백반장   죽으란 법은 없어. 때마침 일도 들어오고.

최배달   엄살 떨지 말어, 방세 걱정도 없음서.

백반장   우리 수술비가 얼만지나 알면 돌아가시겠네.

최배달   얼만디?

백반장   빌려줄 거 아니면, 모른 척하세요.

최배달   수술 날짜는 잡았고?

백반장   돈이 웬수지, 돈만 있으면 당장에라도 잡았지.

독거할매   돈이 법이고 돈이 하느님이지.

최배달   오메, 최배달 인생 그래도 배달 댕길 때가 지일로 행복했

　　　　　구만.

　　　　　띵동! 택배 왔습니다. 요라믄 을매나 행복한 얼굴로 문

을 열어주는지.

꽉 막힌 서울 도심을 오토바이를 타고 빠라바라바라방~

퀵서비스 일할 때는 물건을 신속허니 딱 전달하믄 감사

합니다.

감사합니다, 나가 겁나 중한 임무를 수행 중이구나, 어깨

에 까우가 딱 서고 그랬는디.

독거할매　일하는 재미, 돈 버는 재미… 생각해보면, 그것이 제일

　　　　　재미지다.

최배달　　그란디, 할매는 고향이 어디여라.

백반장　　충남 논산.

최배달　　참말로 가족이 한명도 없소?

백반장　　말해 뭐하겠어. 전쟁 고아랍니다.

　　　　　식모살이부터 첩살이, 미군부대서 양공주들 밥해 먹이고

　　　　　청량리서 아가씨 장사도 십수 년 하고.

독거할매　아가씨 장사를 내가 한 것은 아니고, 앞에서 삐끼.

백반장　　돈 번 거를, 양아치한테 사기 당하고 홧병으로 병원 신세

　　　　　지고.

독거할매　오다 보니까, 병든 몸땡이뿐이고.

최배달　　결혼은 하셨고?

백반장　　그건 나도 모르지.

여태 편지 한 장이 오길 해. 개미 새끼 한 마리 찾아오길

했어야지.

독거할매　아따, 날개쭉지가 뻣뻣한 것이. 비 올라나.

최배달　영락없당께….(다리를 주무른다)

백반장　(할매에게) 한 장 붙여드려?

최배달　여그, 여그.

백반장　한 장뿐이네요. (파스를 붙여준다) 속살 고우시네.

최배달　인물이야 어디 가서도 빠지는 인물은 아니제. 할매~

담배 한 가치만.

독거할매　(속바지에서 꺼내준다)

백반장　허이고, 술고래에 꼴초에. 어떤 여자가 좋다고 하겄어.

최배달　피는 못 속인다고, 우리 엄니가 그랬는디, 울 아부지는

보해가 데려 갔다고.

그놈의 소주! 끼니처럼 달고 살았응께.

백반장　안 봐도 훤하네.

나는, 다음 생에는 남자로 태어나서 하고 싶은 거 다 하

고 살아봤으면.

돈 많이 벌어서 세계 여행도 다니고.

최배달　음마, 뭣 달린 것들도 불쌍하기는 매한가지여. 기냥 태어

나지 말아브러.

백반장   그러면, 너무 억울하잖여, 이번 생이 끝이면.

최배달   언제는 이쁜 우리만 있으믄 당장 죽어도 여한이 없담서라.

백반장   나도 여잔디, 엄마, 할머니 말고 여자! 아녀, 여자고 자시
             고 필요 없고.

             그냥 인간 백화자!

최배달   허기사 백반장은 똑똑해서 뭐든 똑 소리 나게 잘 했을 것
             이요.

배달 나가서 담배를 피운다.

독거할매   (쩝, 쩝, 쩝!)

백반장   시장하시다요?

독거할매   오늘은 도시락이 늦어.

백반장   그러네요.

소녀는 쪽방촌 입구를 지나 계단을 올라간다. 내려오는 배달청년과
만난다.

서로 길을 열어주려 하지만 계속 마주친다.

배달청년   저기, 학생. 여기 살아?

소녀   왜요?

배달청년   저번에도 몇 번 봤거든.

소녀   그래서요.

배달청년   아니, 나는….

소녀   (지나간다)

배달청년   (도시락을 준다) 이거.

소녀   모르는 사람이 주는 거 함부로 먹지 말랬어요.

배달청년   아, 미안… 기분 나빴다면 사과할게.

소녀   (달려서 계단을 올라가버린다)

공동 작업실에서 흘러나오는 노래 소리를 듣고 그쪽으로 간다.
최배달 담배를 피우고 있다.

배달청년   배달!

최배달   배달! 안에 계신다.

배달청년   네에, 할머니, 저 왔어요.

           안녕하세요. 다들, 여기 계시네요.

독거할매   그려, 주봉이 왔냐. 많이 춥지야.

배달청년   할머니, 주봉이가 아니고… 주빈이.

독거할매   그려, 주봉이. 오늘은 왜 이리 늦어.

배달청년　죄송해요. 오다가 보니까 공사를 하나 봐요. 계단 위에

펜스를 치고 있드라구요. 우리는요?

백반장　방에 있어, 열이 쫌 있어서 못 나가게 했지.

배달청년　감긴가.

백반장　약 먹었으니까 괜찮을 거야.

배달청년　딴 분들은요?

백반장　고씨 아저씨랑 강씨 아저씨는 일 나갔고, 다들 방에 있을

거야.

배달청년　네에.

백반장　날이 추워서 거동하기가 그렇잖아.

배달청년　그러게요. 반장 아줌마가 여기 엄마 같아요.

백반장　에고, 참 말도 이쁘게 한다.

엄마는 무슨, 우리 땜에 딴 일을 못 나가니까, 여기가 내

직장이지.

최배달　이중인격자! 실은 여자고 엄마 노릇이고 지긋지긋하단디,

다음 생엔 남자로….

백반장　… 어허허허허. (최배달 허벅지를 꼬집는다)

최배달　(참는다) 으윽~ 그라제잉. 백반장 같은 여자는 옛날로

치자믄 심사임당! 같은 여자 아니겄어.

배달청년　여긴, 참 따듯해서 좋아요.

백반장　　뭔 소리, 겨울에 얼어 죽어.

최배달　　허이고, 무식한 여자야. 가슴, 여그가 따뜻하다고.

백반장　　잘났수. 정말.

최배달　　인자 속 씨언허니 말해보쇼. 저 우리 말이여라.

　　　　　　밖에서 델코 온 자식이제라? 늦둥이 치고는….

백반장　　아침 드라마가 사람 여럿 버린다니까.

최배달　　맞제?

백반장　　(손이 올라간다)

최배달　　(방어 자세) 심사임당 취소!

배달청년　저, 일어나 볼게요.

백반장　　그래, 어여 가봐야지.

최배달　　배달!

배달청년　배달!

배달청년은 쪽방촌 입구로 들어간다.

독거할매의 쩝쩝거리는 소리가 들린다.

둘 다 눈길이 돌아간다.

최배달　　계란말이, 부드럽지라잉.

독거할매　술술 넘어가.

백반장　　갓김치 익었어요?

독거할매　딱 좋아.

최배달　　(쩝)

백반장　　(쩝)

독거할매　한입들 혀.

최배달　　할매, 아~.

백반장　　속없이 또 받아먹는 거 봐라.

쪽방촌 밖에서 소리만.

배달청년　할머니, 쓰러지셨어요.

　　　　　　반장 아줌마, 할머니! 109호 할머니요.

구급차 소리.

놀라는 공동작업장 사람들.

들것에 실려 가는 할머니.

소녀 무대 한쪽에 등장. 누군가와 통화를 하고 있다.

소녀　　　넌 어딘데, … 내 꼴 보고도 모르겠냐, 빙신아!

　　　　　　그 새끼들 존나 구려… 가출하면 끝이야… 그 새끼들이

왜 잘해주는지 진짜 몰라서 그래.

몸팔이 시킬라고. 꼰대들이 영계 좋아하니까 부르는 게 값이거든.

꼴깝 떨지 말고 그냥 있어, 집에 있으라니까.

무방비로 집을 나오면, 밖은 지옥이야.

왜 또… 울지마… 정은아!… 야! 씨발… 보냈어… 엄마는 아무나 되냐.

목사님이 들어온다.

목사　　학생, 나랑 이야기 좀 할까.

소녀　　교회 안 믿어요.

목사　　방금 전에, 교회 쉼터 문 앞에 서 있던 학생 맞지?

소녀　　그래서요?

목사　　학생 맞지?

소녀　　….

목사　　아이가… 별이 말이야. 엄마를 많이 닮았네.

소녀　　….

목사　　쪽지에 아이 이름을 남기고 가서 꼭 다시 올 거라고 생각했거든.

소녀   ….

목사   별이가 엄마를 찾아. 그래도 이별하기 전까지는

          학생이 별이한테 해 줄 수 있는 게 분명 있을 거야.

소녀   사람 잘못 보셨네요.

소녀, 퇴장한다.

목사도 난처한 듯 서 있다 퇴장한다.

암전, 쪽방촌에 어둠이 내린다.

새벽 두시.

구라할배 귀신처럼 나와서 쪽방촌 입구에 똥을 싼다.

어두워진다.

4장

쪽방촌의 일상.

슈퍼 앞 평상에서 장기를 두고 있는 최배달과 고시원. 백반장은 바닥 청소를 한다.

백반장 똥개 새끼들 또 여기다가 싸지르고 지랄이냐.

그ੀ운 거 봐, 개똥이야 사람 똥이야.

여기가 지들 화장실도 아니고, 염병! 열불 나서 못 살겠어.

최배달 (까분다) 개새끼들은 말여, 사람보다 후각이 열 배는 더 발달이 되야서 한번 똥을 거그다 싸잖여, 그라믄 아무리 청소를 혀도 귀신같이 냄새를 맡고 거기다 또 똥을 싼다지 아마. 일종의 영역 표시 같은 거지.

백반장 깐죽거리다 쳐맞지 아마.

고시원 오십견 왔다면서, 살살하소. 백반장!

백반장 가뜩이나 이 동네 냄새 난다고 지랄들인디.

얼른 여기를 떠야 사람답게 살 텐데, 그놈의 돈은 다 어딨는지 몰라.

고시원   다 부잣집 금고 아니면… 은행에 있을라나?

최배달   하여간, 배운 사람은 달러. 그래도 밤에 보믄 깜깜해갔고 여그나 저짝 윗동네나 별반 차이 없어.

백반장   허허, 뭣 소리하시까. 저기는 반짝반짝 천당! 여기는 구리구리 지옥! 극과 극이구만.

최배달   여그도 밤에는 빨간 교회 십자가가 을매나 많은디, 반짝반짝!

고시원   멀리서 보면 희극이지만, 가까이서 보면 비극이라~

최배달   뭔 병신 씨나락 까묵는 소리를 해싸까.

고시원   장이야!

최배달   (손목을 잡는다) 수 쓰지 말어.

고시원   (손을 펴 보인다) 봐, 보라고. 암껏도 없어. 누굴 사기꾼으로 몰아.

최배달   요상혀, 다 이긴 판인디. 한 판 더 가자고.

고시원   받을 건 받고 하세.

최배달   (담배를 몇 가치 건넨다) 한 갑 걸고 가세.

고시원   무섭게 그러지 말어.

최배달   혀, 말어?

고시원   돌아.

우리가 최배달에게 간다.

우리   아저씨, 백 원!

최배달   우리야, 담배 한 갑이 얼마냐?

우리   사천오백 원.

최배달   니한테 빌려간 돈이 전부 얼마제?

우리   삼천오백 원.

최배달   요번 판만 이기믄 오늘 다 갚아블랑께, 여그 안거서 아제
          를 응원혀라. 알았제잉.

우리   (끄덕끄덕)

최배달   착하다, 우리!

우리   (관객들에게) 오늘도 꽝이야. 백 원이라도 받으면 쌍쌍바
          사먹으려고 했는데. 이쁜 누나 반, 우리 반! (토순이에
          게) 넌 감기 걸려서 아이스크림 먹으면 안 돼. 너, 계속
          그렇게 쳐다보면 내 마음이 아프잖아. 그래 그럼 토순이
          도 한 입만.

소녀는 쪽방촌에서 나와서 슈퍼 앞을 지나간다.

그 뒤에 강프로가 전화를 하면서 슈퍼 앞으로 내려온다.

소녀   (꾸벅)….

우리   어, 누나다. 우리 누나!

최배달   잉, 그려

고시원   알바 가냐?

소녀   네에.

최배달   현정이랬제.

소녀   현미요.

최배달   잉. 현미. 쌀! 그려. 인생은 말이여… 고난과 역경이 없
            으믄….

소녀   (꾸벅)….

우리   누나, 같이 가.

소녀랑 우리는 계단 입구 쪽으로 간다. 강프로, 평상에 앉는다.

우리   누나, 갔다 와.

소녀   안녕.

우리   나, 누나 동생 맞지?

소녀   ….

우리   맞잖아.

소녀   갔다 올게.

소녀는 계단을 올라간다. 우리 눈에는 소녀가 천상으로 올라가는 것처럼 보인다.

계단 끝에 환한 빛들이 소녀를 비추고 그 빛을 따라 소녀는 천상으로 걸어서 한 발 한 발 올라간다.

우리   (관객들에게) 누나는 천사가 분명해.

           눈도 반짝반짝, 머리도 반짝반짝, 다리도 반짝반짝. 난,

           누나랑 결혼할래.

최배달   아싸! 장이야! 장!

우리, 슈퍼 앞으로 달려간다. 강프로 멱살을 잡고 있는 고시원.

고시원   이 자식 봐라. 사람 야마 돌게 하는데 재주 있네.

강프로   이 사람아! 어허, 요거 놓고… 나 절대 훈수 둔 거 아녀.

           그냥, 툭 던진 말을 최씨가 확 잡아챈거지.

고시원   한 갑이라고. 한 갑!

최배달   음마, 먹물도 돈 앞에서는 어쩔 수 없구만.

고시원   뭣이여.

최배달   서울 토박이람서, 급한께 사투리가 저절로 나와브네.

           성님!

강프로　요래 큰 판인지 몰랐어. 재미로 두는지 알았지.

고시원　요것은 다 반칙이여, 엎어!

우리　(최배달에게) 아저씨, 삼천오백 원!

최배달　쩌리 가 있어. 쫌 있다 주께야.

우리　빨리 줘. 내 돈. 삼천오백 원!

최배달　이따가 준다고야.

우리　아저씨, 또 거짓말!

최배달　콱! 어린 놈의 새끼가 눈치코치도 없이… 억서 돈 타령이여, 느자구 없이.

우리　(왈칵) 우왕～～～ 엄마～～～～ 최씨 아저씨가～

최배달　(우리 입을 막는다) 준다고, 줘. 오메 사람 죽겄네.

암전.

5장

쪽방촌 사람들이 공동작업장에 모여 있다.

다들 똑같은 표정과 포즈를 취하고 있다.

사람들이 한 명씩 돌아가면서 욕을 하면 동시에 표정과 포즈를 바꾼다.

고시원　　뭐라?

백반장　　미쳤어!

구라할배　　구라 아녀?

최배달　　확⋯ 기냥!

독거할매　　우짜라고?

강프로　　지랄 났다─

갱번할매　　돌아가시겠어~

모두　　(갱번할매를 쳐다본다, 그건 쫌⋯)

백반장　　할매⋯.

갱번할매　　안다. 느그들 마음.

최배달　　쩌번참에 을매나 놀랬는디라. 진짜 돌아가시는 줄 알고.

갱번할매　　사람 목숨, 쉽게 안 죽는다.

최배달   아따, 지발 건강 좀 챙기셔라. 요새는 기본이 백 세여.

벽에 똥칠 할 때까지 사셔야제라.

모두   (최배달을 쳐다본다, 그건 쫌…)

최배달   그란디… 그 집주인 그 새끼가 갑자기 방세를 올려달라
니께.

야마 돌겄네.

뭐어? 삼십만 원?

강프로   칼만 안 들었지, 완전 도둑놈이다.

고시원   기생수 손들어 봐라.

최배달   (갱번할매에게) 기초 생활 보장 수급자! 기생수!

백반장   할머니는 아녀, 아들이 셋씩이나 있는데. 기생수를 줄까.

갱번할매 백반장, 저그… 우리 손지, 윤섭이….

그 놈이 지 아비를 닮아서 효자도 그런 효자가 없지

백반장   그럼요.

강프로   이거는 상식을 넘어섰구만, 악수도 보통 악수가 아녀.

갱번할매 꼬박꼬박 통장에 용돈 부쳐, 날이면 날마다 옷가지 사서
날라.

백반장   예에~

최배달   고시원 성님! 법 공부 혔담서. 시방, 요라고 당하고만 있
어야 쓴가.

구라할배   조물주 위에 건물주라 혔어.

갱번할매   한번은 막국수가 먹고 싶다니까 춘천까지 가서 막국수를
           사왔드라고.

백반장   세상에~

고시원   월세가 인상이 된지 1년이 넘지 않았는데 월세를 올리면
         불법이고.

백반장   작년엔 그냥 넘어갔으니까, 통과!

고시원   10% 이상은 올릴 수 없을 텐데, 이건 말할 것도 없이
         불법!

강프로   근데, 느낌이 별로야, 뭔가 있어. 대놓고 호구를 쳤단 말
         이지.

백반장   딱 봐도… 나가라는 소리지. 못 내겠으면 나가라!

독거할매   돈이 법이고, 돈이 대통령이제.

구라할배   재개발 떨어졌다!

최배달   재개발?!

강프로   만득 할아부지, 뻥이제라?

백반장   어여 뻥이야~ 하쇼.

구라할배   딱 보면 몰라, 재건축하겠단 거 아니겠어.

백반장   재건축 한다 한다 말은 많았지.

최배달   저번참에 소문은 들었는디….

독거할매　여기서 저승밥 먹나 했지.

독거할매　일어나서 나간다.

최배달　할매, 생존이 걸린 문제여라, 같이 모태서 대책을 세워야

제라.

요것이 사실이믄 우들, 싹다 노숙자 될 판이랑께요.

백반장　영등포 쪽방촌서 살 때도 용역놈들 지랄 같은 꼴을 봤다

고 했어.

할매는 무섭겄지. 흐미 나도 무섭다!

최배달　엄살 떨지 말어, 월세 걱정 없음서. 자네는 뭣이 걱정

인가.

백반장　재개발 떨어지면 여기를 싹 밀어버릴 텐데. 월세가 문젠가.

최배달　허기사. 아, 몰라 몰라~　우들도 권리가 있어, 오래 살았

잖여.

보상금 준다고 하믄 딴디로 갈라네. 여그도 징글징글허다.

백반장　참, 말 서운허게 한다.

최배달　돈 많이 주믄, 돈!

갱번할매　우리 손지, 윤섭이… 그 놈이 지 아비를 닮아서 효자도

그런 효자가 없지.

최배달   갑시다, 가자고. (일어선다) 으따 시간이 벌써… 밥 때 되
          았구만.

갱번할매 (백반장에게) 꼬박꼬박 통장에 용돈 부쳐.

백반장   날이면 날마다 옷가지 사서 날라.

갱번할매 잉.

백반장   한번은 막국수가 먹고 싶다니까 춘천까지 가서 막국수를
          사왔지요?

갱번할매 잉.

백반장   할머니가 전생에 나라를 구했지 싶어. 손주 복은 차고 넘
          치네.

밖에서 소리만.

독거할매 성님! 성님 찾어. 손님 왔어, 손님!

백반장   할머니, 손님! 손님 왔다네요.

갱번할매 나선다.

계단 가로등 밑에 남자가 하나 서 있다.

갱번할매　　그쪽으로 걸어간다.

남자는 다가와서 부축을 한다.

공동작업장에 있던 사람들, 남자와 갱번할매를 주시한다.

강프로　　　누구지?

고시원　　　아들인가?

강프로　　　아들치고는 너무 젊어.

고시원　　　내 말이.

두 사람의 동태를 살피는 사람들.

최배달　　　다정하니 손을 잡아주는 것이⋯.

백반장　　　교회에서 전도 나왔네.

최배달　　　교회는 아녀. 할머니는 불자랑께.

백반장　　　내 말이.

두 사람의 상황을 중계하는 사람들.

강프로　　　할머니! 제가 모실 테니까 우리 집으로 갑시다.

| **고시원** | 아가, 말은 고맙다만 이 늙은이는 여기가 좋다. |
| **강프로** | 저번에도 쓰러지셨잖어. 그러다 잘못되면 어쩔 거야. |

나 할머니 잘못되면 죽어!

고시원	니는 딱 느그 아부지다. 윤섭아!
강프로	윤섭이!
최배달	윤섭이!
백반장	그, 윤섭이?

남자는 계단을 올라간다.

갱번할매는 하염없이 쳐다보고 있다.

남자 돌아본다. 손을 흔드는 갱번할매.

지켜보고 있던 사람들, 울컥한다.

암전.

6장

패스트푸드 카운터에 서 있는 소녀.

소년과 패거리가 등장한다.

소녀 어서 오세요, 무엇을… (젠장-) 무엇을 도와드릴까요?

소년 하이루!

소녀 손님, 주문 도와드리겠습니다.

소년 야, 이년 쌩깐다.

패거리들이 낄낄거린다.

소녀 … 주문하시겠습니까?

소년 개기냐? 빡치기 전에 따라 나와.

소녀 꺼져.

소년 쌍년이… 야, 작업해!

패거리들이 소녀를 끌고 나온다.

악을 쓰고 버티는 소녀. 주변에 손님은 핸드폰으로 찍는다. 배달청년이 들어오다가 놀라서 저지한다.

배달청년 너희들… 그만두지 못해.

소년 헐! 노땅은 빠지시죠.

배달청년 현미, 니가 말해봐. 아는 사람들이야?

소녀 남친 맞아요.

배달청년 … 뭐?

소녀 신경 끄세요.

소녀는 소년을 따라 나간다.

소년 가출한 년 케어해주니까 결국 꼽주냐.

소녀 구라친 게 누군데.

소년 개기지 말고 가자.

소녀 다시는, 안 가.

소년 … 걸레 같은 년이 까라면 까지 뭔 말이 많아.

소녀 걸레? 사랑한다면서.

소년 뭐라냐. 이년이….

뭐야 찐이네, 너 찐이야? 우리가 사랑? 미친년 사랑이

어딨냐.

너나 나나 있는 게 몸짝 뿐이 더 있어. 필요할 때 나눠 쓴

게 아깝냐?

소녀 (뺨을 친다) 존나 아깝다.

소년 (침을 찍-) 재미 없그든.

소녀 그래, 그럼 내가 정말 재밌는 이야기 하나 해 줄까.

나, 며칠 전에… 딸을 낳았어.

소년 미친… 뭐라구?

소녀 엄마가 됐다구, 미혼모!

소년 구라 치냐. 그때, 내가 지우라고 했지. 없애라고 했잖아.

소녀 나도 후회 중이거든.

인생 뻥 뜯고 살던 내가 양아치 같은 새끼 만나 사랑 비

슷한 걸 했다고 실실 쪼개던 과거가 미치게 쪽팔리거든.

소년 주접 그만 떨어. 오글거린다.

받을 거는 받고.

소녀, 뒤로 물러선다.

소년 야- (까딱)

패거리들이 소녀의 몸을 수색해서 돈 봉투를 빼앗는다.

소년　　　　(가래를 퉤-) 입양 보낼 거면 해외로 보내. 기관에서

　　　　　　돈 좀 줄 거야.

　　　　　　야, 가자.

배달청년의 그림자.

배달청년　그거 돌려주고 가라.

소년　　　　이 꼰대 새끼, 또 왔네. 니 이거냐? 능력 좋다.

배달청년 일방적으로 패거리들에게 당한다.

널브러진 배달청년, 소년과 패거리들 사라진다.

배달청년 널브러져 있다. 소녀 한동안 말이 없다가.

소녀　　　　저기요, 군대 안 갔죠, 군대 문턱에도 못 갔죠?

배달청년　귀신이네. 눈에 보이나. 그게…허허허.

소녀　　　　웃음이 나와요.

배달청년　울 수는 없잖아.

소녀　　　　아무리 삼대일이래도 그렇지, 쪽팔리게… 어, 쌍코피!

배달청년　쌍코피?

소녀　　　　(쩔어…) 이걸루 닦기나 해요. 병원갈래요?

배달청년　　아니, 밥 먹으러 가자. 배고파.

소녀　　　　순대 국밥! 같이 먹어 줄 테니까 계산만 해요.

배달청년　　그럼, 오늘부터 오빠라고 해.

소녀　　　　헐～ 뭐래.

배달청년　　(일어서려는데) 아, 허리～

소녀　　　　오빠! 어디요? 허리 아파요?

배달청년　　(서로 눈이 마주친다)

둘다　　　　(웃는다)

암전.

7장

무대 밝아지면 모두 심각한 표정이다.

탁자 위에 택배 상자가 있다.

최배달   미스테리여!

고시원   택배 기사가 잘못 배달한 거 아닐까.

강프로   주소가 여긴데. 맞잖어.

최배달   보낸 사람 이름이… 정치수!

고시원   주소도 여기고, 111호면 여기가 맞지.

백반장   정막동! 111호 정씨 할아버지 이름이 정막동! 이제 알
         았네.

         어디 변변한 계약서를 쓰고 살았어야 알지.

강프로   할아버지가 돌아가신지….

고시원   일 년이 넘었지, 아마.

백반장   지금은 빈방이고… 그렇다면.

최배달   냄새가 나.

백반장   까짓 거, 열어 봅시다. 열어본다고 저승에 있는 정씨 할
         아버지가 뭐라고 하겠어.

최배달   냄새가 나.

백반장이 택배를 오픈한다.

백반장   (허걱) … 고긴데, 것도 한우!

모두   에?

백반장   와아, 열 근도 넘겠어.

최배달   냄새 난다고 혔제.

백반장   개코다 개코!

고시원   먹자.

강프로   먹자고?

고시원   그려, 구워먹자고. 그냥 두면 썩기뿐이 더하나.

모두   한우 파티!

고시원   몸보신 하라고, 정씨 아재가 하늘나라에서 보낸 선물로
         치자.

최배달   까짓 거, 크리스마스도 다가오고.

강프로   돌을 던지기 전까지는 속단하면 안 되는데.

백반장   먹어도 될까?

고시원   정씨 아저씨 돌아가신지도 모르고 보낸 걸 보면 가족은
         아닐 테고.

백반장   정막동! 정치수! 아들 같은디.

고시원   말이야, 막걸리야, 생각들을 해봐. 1년 전에 할아버지 돌
           아가셨을 때 가족 없이 무연고로 우리들이 구청에 신고
           해서 화장해 드렸잖여.

최배달   그러네. 아들이믄 진즉 나타났겄제.

고시원   그러게. 그라믄 누가 보냈으까.

백반장   아, 몰라 몰라 몰라! 누가 보냈으면 어때, 지금 우리 손
           에 한우가 있다는 게 중요한 거지, 그냥 먹어 치워.

강프로   정씨 아저씨 제사상에 고기 올린다 생각하고 먹으면 될
           테지.

최배달   그라제. 아, 뭣들 한가, 부루스타랑 후라이팬 모태.

백반장   묵은지는 내가 내올랍니다.

다들, 분주하게 움직여서 고기 파티를 한다. 갱변할매, 독거할매,
우리, 슈퍼맨, 띠엔까지 쪽방촌 사람들 춤을 추고 논다. 막걸리 사
발이 돌고, 노래가 돌고, 웃음소리가 돌고 돈다.

최배달   우리야, 노래 한 자리 해봐라.

백반장   나 닮아서, 노래 못해.

강프로   저번에 보니까 잘 하던데, 우리야 해봐라~

우리   우리 동네 카수! 노래 들어 갑니데이~~

            (트로트 가수 흉내를 내면서 노래를 부른다) 잊으라 했

            는데~ 잊어달라 했는데~

노래 끝나면 환호성이 터진다.

배달청년과 소녀가 계단을 내려와서 그들과 합류한다.

우리   어, 누나다. 우리 누나!

백반장   현미랑 주빈이도 언른 와서 먹어.

            근데, 얼굴이 왜 그래. 싸웠어?

배달청년   아, 이거요.

소녀   계단에서 넘어졌대요.

백반장   조심하지. 잘 생긴 얼굴에 흉지게 생겼네.

배달청년   그러게요. 하하하.

우리   (배달청년과 소녀 사이에 낀다) 누나~ 얼른 아~~~

소녀   어, 그래 아~~~(고기를 받아먹는다)

배달청년   우리야, 형은? 형도 아~~

우리   형은 집에 안 가? 밤인데, 밤에는 집에 가야지.

소녀   (고기를 쌈싸서 배달청년에게 준다)

우리   (관객들에게) 이건 뭐지? 이건 드라마에서 보던 장면인

데, 분위기가 묘하단 말이지. 말로만 듣던 썸! 누나랑 형이 썸을 타? 오 마이 갓!

갱번할매와 독거할매도 술기운에 노래를 한 곡씩 부른다.

우리 (관객들에게)한 이야기 또 하고 한 이야기 또 하는 우리 또또 할매!
이건 비밀인데 우리 쪽방촌 큰손이야, 엄마 몰래 백 원씩!
주고 또 주고 또또 할매가 최고야.
그리구, 이쁜이 할매, 우리 쪽방촌 가수야, 노래 엄청 잘해.
저 위에 취해서 춤추는 할아버지는 뺑이야 할아버지야.
진짜 웃겨.
근데 뺑치기 전에 눈썹이 살짝 올라간다. 다음에 잘 봐봐.

주거니 받거니. 트로트 음악이 잔칫집 같은 분위기를 자아낸다. 취해서 들어가는 최배달과 고시원, 한 명씩 자리를 뜬다. 졸린 우리도 방으로 향하고 배달청년은 마무리 정리를 돕는다.
백반장과 소녀가 바닥을 정리한다.

백반장 몸조리 잘해야지.

소녀   네에?

백반장   고등학생이지?

소녀   … 내년에… 스무 살요.

백반장   내가, 정말 (딸꾹) 걱정이 돼서 그래.

소녀   뭘요.

백반장   평생 후회할 짓 말라고.

소녀   ….

백반장   젖몸살 중이잖아.

소녀   어떻게….

백반장   옷에 묻은 얼룩, 젖비린내 그거 잘 안 지워져.

           젖이 남아 도니까 속옷에 묻고, 결국 겉옷까지 표가 나거

           든. 진짜, 부모님은 모르시고?

소녀   그게… 모르세요. 말할 수 있는 처지도 아니고.

백반장   아기 아버지는 알아?

소녀   … 네에.

백반장   뭐래?

소녀   ….

백반장   안 봐도 비디오네. 내 딸도 그랬으니까.

           참, 내가 왜 이런 이야기를 하는지는 (딸꾹!) 그래 술 때

           문이라고 치자.

근데, 키울 생각 말어.

소녀   그럴 능력도 없어요.

백반장   미혼모, 그거 사람 아니야. 옛날이나 지금이나 다를 게

없어.

우리, 우리… 내 불쌍한 새끼… (눈물이 글썽)

소녀   우리가, 왜요?

백반장   태어날 때부터 많이 아팠어. 그걸 알고 아부지란 작자는

도망을 갔고.

어린 나이에 아픈 아이를 혼자 건사하기에, 내 딸은 너무

두려웠던 거야.

미혼모라는 딱지를 붙이고 살아갈 자신도 없었고

그때도 가난하기는 마찬가지였으니까.

소녀   그럼….

백반장   그래, 나는 우리… 외할머니야. 내 딸도 너처럼 고등학교

때 사고를 쳤지. 너를 보면… 내 딸 진주가 생각나서….

소녀   딸 있는데 왜 아줌마가 우리를 키워요?

백반장   (한숨)

소녀   그만 물어볼게요.

백반장   현미 너처럼 밤새 책 읽는 걸 좋아했어, 소설가가 꿈이라

면서.

학교서도 모범생으로 공부 잘하고 밝은 아이였는데, 내가 그앨 죽게 만들었지,   아이를 지우라고 병원에 끌고 갔어, 우리 딸 인생을 망칠 것같았거든. 진주는 그길로 도망을 가서 아이를 낳았지. 내가 그때 아이를 받아주기만 했어도 진주가 그런 선택을 하지 않았을 텐데.

소녀　　　그럼… 혹시….

백반장　　죽었어. 내 딸이 우울증으로 자살을 했다는 거야.

소녀　　　아줌마~

백반장　　그 핏덩이가 우리! 우리야. 내 딸이 낳은… 우리!

소녀　　　(운다)

백반장　　울지 마, 너 겁 줄려고 한 말 아냐.
　　　　　후회하지 말고 당장 가서 엄마한테 얘기해. 그래야 살아.
　　　　　너두 니 애기도.

소녀　　　제가 엄마가 될 수 있을까요?

백반장　　입양 보내라고 하고 싶은데… 그러면 너도 내 딸처럼 될까 봐 그럴 수도 없고, 키우라고 했다가는 니 인생, 안 봐도 비디오고.

소녀　　　내 아기… 보고 싶어요. 근데 넘 무서워요.

백반장　　정 힘들면… 아니다.

소녀　　　(운다)

백반장   진짜, 어쩔 수 없으면… 우리랑 같이 살자.

         우리 동생 생겼다 치믄… 아녀… 아녀… 이 놈의 오지랖은.

소녀   말씀이라도… (울먹인다) 감사합니다.

백반장   그래 나도 속이 상해서 그냥 한번 해본 소리다.

         우리 하나도 벅찬 내가 또 누구를 건사해.

백반장   아기는 어딨냐?

소녀   교회에서 운영하는 쉼터요.

백반장   한번 보자, 데리고 와.

소녀   (엉엉 운다) 아줌마….

백반장   (따라서 운다) 왜 울고 지랄이냐….

배달청년이 다가온다.

배달청년   에고, 뭔 술을 이렇게 드셨어요. 아줌마 올라가십시다.

           (소녀에게) 넌 또 왜 울어?

소녀   오빠, 오빠는… 좋은 사람이야?

배달청년   너도 취했냐. 들어가서 자라.

소녀   오빠, 나한테 잘해주지 마라. 나 아주 나쁜 년이야.

배달청년   예에～～～ 그러세요. 알겠습니다. 방으로 들어가시

           지요.

소녀   오빠는… 아무것도 몰라.

배달청년   그럼, 이 오빠는 아무것도 모르지.

소녀   바보, 멍청이!

배달청년   그래, 바보, 멍청이.

소녀   이번 생은 망했어. 이생망!

배달청년   야, 지현미! 이제 술 금지다!

소녀   오빠, 진짜 그렇게 말하니까, 우리 사귀는 거 같다.

배달청년   까분다.

배달청년이 백반장을 방으로 옮긴다.

소녀도 따라서 퇴장한다. 쪽방촌에 밤이 찾아온다.

우리의 꿈속 장면. 캐롤송이 울려 퍼지고, 우리의 아버지가 산타할

아버지 복장으로 등장한다. 우리는 조심조심 자신의 꿈속을 걷는다.

산타   메리 크리스마스!

         니가 우리구나, 그렇지?

우리   네에, 제가 우리에요. 산타 할아버지!

         저는 착한 아이니까… 선물 주실 거죠.

산타   허허허허허, 그럼.

         갖고 싶은 선물을 말해보렴.

우리 진짜요? 우와! 저는….

산타 (집중한다) 그래….

우리 저는….

산타 말해보라니까.

우리 그러니까….

산타 어서.

우리 아빠요.

산타 뭐, 아빠?

우리 네에! 아빠가 빨리 돌아왔으면 좋겠어요.

산타 어허허허허. 아빠가 어디 가셨니?

우리 아빠는, 배를 타고… 고래를 잡는 선장이래요.

산타 누가? 엄마가?

우리 아뇨. 토순이가요. (토끼 인형을 보여준다) 지금은 자고 있어요.

    자고 있을 때 말을 시키면 싫어해요.

산타 그래, 그렇구나.

우리 얼른, 선물 주세요. 아빠요.

산타 그럼 어쩔 수 없구나. 기다리렴.

산타는 산타복과 모자를 벗고, 마지막에 수염을 벗는다.

전형적인 마도로스의 모습이다.

아빠   서프라이즈! 우리야! 아빠야. 아빠!

우리   진짜, 아빠네!

아빠   그래, 아빠라니까.

우리, 아빠에게 달려가 안긴다.

우리   아빠, 이제 고래 다 잡았어? 황금 고래는?

아빠   잡았지.

우리   정말, 그럼 보여줘.

아빠   그럴까.

우리   우와. (토순이를 깨운다) 토순아! 토순아! 얼른 일어나봐.

          아빠가 황금 고래를 보여주신대. 얼른 일어나, 어서!

꿈속에 있던 우리를 깨우는 소리. 꿈속 풍경들이 희미하게 사라진다.

'우리야! 우리야!'

암전.

우리   (소리만)토순아! 토순아! 일어나봐.

백반장   (소리만)우리야! 일어나, 일어나!

아침이다. 다시 쪽방촌 일상이다.

슈퍼 평상에서 장기를 두는 고시원과 최배달. 화장실이 급한 강프
로가 지나가고.

우리   안녕하세요.

최배달에게 달려간다.

우리   아저씨!

최배달   오늘은 꼭 주께잉. 삼천오백 원!

           우리야, 어젯밤에 아저씨가 겁나 존 꿈을 꿨는디….

           똥간에 똥이 차서 넘치는디

           나가 똥통에서 헤엄을 침서… 요라고… 요라고…오메 참

           아야제.

           복 달아날지 모르니께.

우리   그 돈, 안 주셔도 괜찮아요.

최배달   … 뭐?

우리　　　산타 할아버지가 나타났는데 사실은 산타 할아버지가 우
　　　　　리 아빠였어요.

　　　　　아빠는 선장님인데, 황금 고래를 잡았대요.

　　　　　저랑 토순이한테 보여주신다고 약속했어요. 그러니까 삼
　　　　　천오백 원 없어도 괜찮아요.

　　　　　이제, 산타가… 아니지, 아빠가 짜장면도 사줄 거고, 놀
　　　　　이공원에도 같이 갈 거니까.

최배달　　(이마를 짚어본다) 열은 없는디.

　　　　　니, 어디 아프냐, 아니… 여그 가슴 아픈 디 말고 딴 디
　　　　　가, 그라니까….

고시원　　우리, 꿈꿨구나. 그렇지?

우리　　　꿈? 꿈인가. 꿈 아닌데. 진짜 아빠 만났어요.

고시원　　우리야, 오늘은 아저씨가 백 원 줄 테니까 사탕 사먹
　　　　　어라.

우리　　　감사합니다.

우리, 슈퍼로 달려간다. 백반장은 바닥 청소를 하고 있다.

백반장　　요놈의 개새끼, 참말로 대단하다. 하루도 안 빠지고 또
　　　　　싸고 갔네. 또.

못 살아, 못 살아! 내 명대로 못 살아!

강프로가 공동화장실에서 나온다.

강프로　　개새끼 잡아주면 얼마 줄랑가.

최배달　　된장 볼라블어야제.

백반장　　막걸리 쏜다!

강프로　　다 들었지. 나 오늘부터 잠복 근무 들어간다.

우리, 슈퍼 문을 열고 나온다.

우리　　(운다) 우와아아아아앙!

백반장　　또, 왜 울어?

우리　　슈퍼 아저씨가….

슈퍼맨도 문을 열고 나온다. 소녀가 쪽방촌에서 나온다.

슈퍼맨　　어린 놈이, 벌써부터 거짓말을 해싸.

우리　　거짓말 (훌쩍) 아니야. 아빠가 왔단 (훌쩍) 말이야.

슈퍼맨　　니 아부지….

백반장   고만하라고. 우리, 얼른 집에 가 있어.

우리   엄마, 엄마도 그랬잖아, 아빠 꼭 집에 온다고.

백반장   그래, 고만하고. 가 있어.

우리   슈퍼 아저씨가 아빠는 못 온대.

백반장   (버럭) 집에 가라고!

우리   우와아아아앙!

소녀   우리야! 누나랑 가자. 이리 와.

우리   누나! (훌쩍)

소녀가 우리를 데리고 가로등 옆으로 간다. 눈사람이 서 있다.

소녀   우리야, 양말이 엄청 커졌지.

우리   어… 선물 있다.

백반장과 슈퍼맨이 뒤엉켜 싸운다.

슈퍼맨   씨발! 새끼 그딴 식으로 키우지 마.

백반장   니나 잘하세요. 내 새끼는 내가 알아서 키워.

우리   (선물을 열어본다) 와, 천하무적 슈퍼 파워 맨이다.

소녀   우리 좋겠네.

우리   어, 누나! 나 최고로 좋아!

강프로, 고시원, 최배달 장기를 두고 있다.

고시원   장이야!

최배달   오메, 똥 꿈이 개꿈이여.

강프로   말려야 하지 않겠어.

고시원   말리면 더 지랄발광을 하는 것이 싸움판이지.

최배달   암만이라.

장난감 놀이를 시작한 소녀와 우리.

우리   천하무적! 슈퍼~ 파워! 슈우웅~ 공격!

소녀   엄마는 싸움 잘 하시니?

우리   그러엄, 엄마는 무쇠 팔, 무쇠 다리, 진짜 슈퍼 파워맨

            이야.

백반장, 옷을 털고 일어난다. 슈퍼맨은 기진맥진, 일어나지 못한다.

백반장   (관절을 꺾는다)

84

| 강프로 | 백반장 승! |
| 최배달 | 여자가 아녀, 힘이… 남자여. |

띠엔이 나와서 슈퍼맨을 부축해서 안으로 들어간다.

소녀	대단하다.
우리	우리 엄마거든.
소녀	우리야, 너 학교 가고 싶지?
우리	아니.
소녀	친구들하고 놀고 싶지 않아?
우리	놀고 싶어, 근데… 친구들이 놀려. 내가 공부를 못하니까.
소녀	그럼, 하루에 한 시간씩, 누나랑 공부할래?
우리	좋아. 누나랑 같이하면, 다 좋아.
소녀	약속했다.
우리	약속!
소녀	우리야, 누나가 뭐 하나 가르쳐 줄까?
우리	뭔데?
소녀	아마 토순이도 모를 걸. 우리야, 잘 들어. 길을 가다가 양아치를 만나면.

우리　　　　누나, 양아치가 뭔데?

소녀　　　　그게, 삥 뜯고, 막 때리고….

우리　　　　아, 깡패.

소녀　　　　그래, 만약에 우리 너한테 깡패들이 나타났다, 그런 순간
　　　　　　에는, 이렇게 외쳐.

우리　　　　(집중) 어.

소녀　　　　짭새 떴다!

우리　　　　그게 뭐야.

소녀　　　　따라해 봐. 짭새 떴다!

우리　　　　짭새 떴다!

소녀　　　　(흡족) 잘 했어. 다시 한번!

우리　　　　짭새 떴다!

소녀　　　　그래, 그래야 살아.

우리　　　　짭새 떴다….

소녀　　　　꼭, 기억해. 알았지.

우리　　　　어.

소녀　　　　우리야, 니 이름 말이야. 우리!

우리　　　　어, 내 이름 우리! 근데 왜?

소녀　　　　우리 이름, 엄마가 지어주셨어?

우리　　　　아니.

소녀   그럼?

우리   엄마가 그러는데… 엄마가 많이 아파서 절에 가서 이렇
         게 손 모으고 기도를 하고 있었는데, 스님이 나를 보고
         이름 지어 주셨다고 했어.

소녀   그래?

우리   어, 나랑 누나랑 같이 있어도 우리고, 손가락 걸고 약속
         만 해도 우리고, 또 나를 놀려먹는 친구들도 사실은 다
         우리래. 우리는 대빵 큰 거래.

소녀   진짜?

우리   어, 그러니까 혼자 있다고 생각하지 말고 항상 주위를 둘
         러보면 외롭지도 않고 슬프지도 않고 힘이 난다고 했어.
         우리는.

소녀   우와~ 우리는 진짜 좋겠네.

우리   거봐, 누나도 내 이름 들으니까, 막 기분이가 좋아지지?

소녀   어. 기분이가 막 좋아져. 힘이 나.

우리   히히히.

계단 위에서 구라할배가 소리를 친다.

구라할배   여기 철거된다네~ 여기 없어진다고~

쪽방촌 사람들 모여든다.

고시원   저기, 만득 할아부지 아녀? 뭐라고 하시는데.

최배달   그라니께. 뭔 큰일이라고… 저그서 백날 소락데기를 쳐

도 안 들키는디.

구라할배   (손을 흔든다) 들려? 쪽방촌 철거한다고.

강프로   (손을 흔든다) 또 뭔 구라를 치실라고.

구라할배   계단을 허겁지겁 내려온다.

구라할배   여기 싹 밀어버린다네. 철거! 철거 몰라?

모두   (서로 얼굴만 쳐다본다) 네에?

암전.

8장

'철거 반대! 생존권을 보장하라!' 쪽방촌에서 만든 프랑이 벽면에 걸려 있다.

계단 위에 높은 펜스가 쳐져 있다. 슈퍼맨이 이사 갈 준비를 하고 있다.

최배달　　철거 반대! 생존권을 보장하라! 아따, 명필이여.
　　　　　자네는 어디로 가는가?

슈퍼맨　　배운 것이 장사밖에 없는데, 노점 할 만한 곳을 알아보고 있어요.

최배달　　으따, 자네까정 나가믄, 인자 외상 술 먹기는 글렀네.

슈퍼맨　　철거 통지서 보니까 연말까지 나가라고 적혀 있던데.

강프로　　자네도 알다시피, 여기 아니면 노숙해야 할 처지 아닌가.

슈퍼맨　　그놈들 단수 조치도 할 겁니다.

최배달　　우들이야 노숙이라도 허제만, 쩌그 어르신들 지금 나가 라고 허는 것은 싹 뒤지라는 소리여. 우들이 돈 없이는 살아도, 의리 빼믄 시체거든.

슈퍼맨　　협상 잘 해서, 보상금 한 푼이라도 더 준다고 할 때 그냥

가세요. 법은 다 건물주 편 아녀라. 법이고 공무원이고
절대 믿으면 안 되라.

최배달　법이고 공무원이고 지들 일 아니라는 거지, 느자구 없는
새끼들.

슈퍼맨　환경 개선 사업이 어찌 보면 니들은 부끄러운 존재니까
안 보이는 데로 가서 꼭꼭 숨어 살아라, 이 말이 아니겠
어요.

계단을 내려오는 고시원.

고시원　이것들이, 입구를 봉했구만, 아주 싹 다 차단을 하시겄다.

최배달　성님, 어찌 되았는가?

강프로　방법이 없다든가?

고시원　건물주가 도장도 찍고 법적으로 아무 문제가 없다고
하니.
할 말이 없지.

최배달　건물 새로 올리믄 우리 방 한 칸씩은 준담서.

슈퍼맨　쪽방이나 고시원 용도가 아니고, 모텔 짓는다고 들었어
요. 건물주가 급하니까 우선 둘러댄 거지요. 진짜 방을
주겠어요.

강프로   시청 앞에서 단식 투쟁이래도 해야 쓰겄어.

고시원   그만 하세, 아무리 생각해도 여기까진가 싶네.

슈퍼맨   고씨, 잘 생각했어. 버틴다고 될 일이 아녀.

최배달   아따, 성님! 공무원들이 뭐라고 혔는가는 모르겄소만, 이
            대로 물러나믄 억울하제라.

강프로   그려, 끝까지 해보고 그때 결정해도 늦지 않어.

고시원   끝까지 가봤자 다치는 것은 우리고, 버려지는 것도 우
            리네.

최배달   새끼들이 뭐라고 혔는디 이라요.

고시원   버러지처럼 구걸하지 말고, 성실하게 일을 해서 먹고 살
            아야지, 부끄럽지 않냐고. 자기들도 할 만큼 했으니까 꺼
            지라는 거지.

최배달   이 쌍놈의 시끼들! 뚫린 입이라고 막 찌끌어.

강프로   세상에….

고시원   자네는 고향으로 가소, 목포로 내려가. 다들 흩어지자고.

최배달   오메, 환장하겄네. 성님! 참말로 약한 소리만 할란가.

강프로   성님, 돈 먹었소?

고시원   뭐… 뭐라냐? 지금.

최배달   으따, 성님! 고 말은 쪼까 거시기 허네.

강프로   씨발, 아니면… 어쩌자고? 어르신들은? 대책 있는가?

고시원　지금까지 대책 있어서 살았냐. 그냥 살아지니까 산 거지.
내 몸뚱아리도 건사를 못하는 놈이 뭔 놈의 대책이 있었어.

최배달　이건 아니지라. 성님!

고시원　이러다 다 죽어, 새끼야! 다 죽는다고.

강프로　(고시원 멱살을 잡는다) 먹물도 별 수 없구만.

슈퍼맨　(말린다) 이러지들 말어. 당장, 단수 조치에 깡패 새끼들
도 몰려올 텐데.

고시원　이제는 각자의 길로 가자고.

강프로　그라믄, 쩌그 어르신들은…? 다 어디로 가냐고.

고시원　죽게 생겼으면 가족들이 오겠지. 그냥 두겠어.

강프로　여태 코빼기 한 번 비친 적 없는 자석들이 퍽이나 모셔
가겄다.

고시원　그렇게 걱정이면 자네들이 모셔 가면 되겠네.

강프로　이 새끼! 뭣이여, 다시 씨브려 봐.

최배달　아따, 성님들! 이라지 말고, 시청 앞이든 광화문 광장이
든 가서 시위를 하드라고. '여기도 사람이 살고 있다!'
외치자고. 이라고 있을 시간이 없어.

고시원　알아서들 하게.

강프로　그래, 갈 사람은 가소.

최배달　음마, 우들이 한두 해 본 사이여. (고씨에게) 성님! 성님

이 집 때 뭐라고 했소. 여그가 집이고, 고향이고, 다들 가
족 같담서요.

고시원   ….

강프로   잡지 말어, 마음 뜬 사람 잡아둬서 뭐하게.

최배달   주빈이가, 그 놈이 대학생 후배들하고 같이 온다고 혔으
니까, 우들도 힘을 냅시다요. 법은 우들 편이 아녀도 사
람들은 우들 편이구만이라.

고시원   여기, 철거 합의서에 도장을 찍은 사람이 있어.

강프로   뭐, 그것이 뭔 소리다. 누가 도대체 누가 도장을 찍었단
말이요.

고시원   백반장.

최배달   뭣이여? 에이 뭣을 잘못 봤겄제. 백반장 그 여자 쫌 독하
기는 해도 그럴 사람은 아녀. 안 그려?

슈퍼맨   나는 그 마음 이해하요. 나가 이 동네 오래 살아서 그 집
사정도 훤하제.
금쪽 같은 손지, 수술비라도 마련할라믄 어쩔 수 있나.

최배달   딸랑 한 명이 서명했다고 큰 차질이야 있겄소, 우들이래
도 머리띠 둘러야제.

고시원   한 명이 아녀.

강프로   한 명이 아니믄… 또 누가….

최배달   으따, 답답하요잉, 성님, 우들이 찍은 적이 없는디, 시방
        뭔 소리다요.

고시원   백반장이, 우리 도장 다 갖고 있잖여.

강프로   에? 설마.

최배달   우들한티 물어보지도 않고, 그라믄 시방 뭣이여, 우리 도
        장을 몰래 찍었다는 거여? 이런 도적년이 있나.

강프로   아녀, 백반장이 그럴 사람이 아니잖여.

최배달   (쪽방촌 입구로 달려가서) 백반장, 백반장 나와보소.
        싸게 나와야 쓰겄소.
        시방 겁네 거시기한 상황인께 언능 나오소잉.

고시원   어르신들 놀래시네. 목소리 낮춰.

최배달   내도 그라고 잡은디… 언능 나와보라고 씨발~

강프로   (최배달을 말린다)

백반장 입구 쪽에서 나온다.

백반장   나 어디 안 도망가요.

최배달   요 상황이 다 사실인지 아닌지만 말하쇼.

백반장   내가 그랬소. 다 사실이요.

최배달   뭐어?

| 백반장 | 다 모이라고 할 참인디, 잘 됐구만. |

강프로　차근차근 다 말해주소. 뭣이 어찌 돌아가는지.

백반장　(돈 봉투를 내민다) 각 방마다 똑같이 담았네. 보상금!

최배달　백반장, 돌았소, 미쳤냐고?

백반장　최씨도 보상금 받으면 좋겠다고 안 그랬소.

최배달　진짜로 이라고 될지 몰랐제. 그 말을 믿었당가.

백반장　지긋지긋한 쪽방촌 떠나고 좋지 뭘 그라요. 위로금까지 합산된 것이라네. 확인들 하쇼.

고시원　백반장 무슨 일 있었소, 어제 누가 찾아왔다고 하던데.

백반장　이제, 다들 그만 버티고 돌아들 갑시다. 여기가 끝이요.

강프로　속시원하게 털어놔 봐. 왜 상의도 없이 합의서에 도장을 다 박았는지 우리도 알아야 하지 않겠는가.

백반장　109호 할머니 손주가 찾아왔습디다. 할머니가 지금껏 자랑한 그 윤섭이라는.

고시원　윤섭이면… 그래 그 손지 윤섭이!

최배달　쩌번에 할매 찾아온 사람은 누구여?

백반장　저번에는 손지가 아니고, 그 손지가 비서를 보내서 할머니 상태를 파악하고 갔드라고.

최배달　그란디 한번을 찾아오덜 않았어. 오메~

백반장　자기네가 다 미국 살다가 이제 돌아왔다! 이제 정치에 발을 디뎠는데, 할머니가 이런 꼴로 살고 있는지는 몰랐다! 치매가 심하니까 요양병원으로 모셔야 하는데, 자기 이름으로 모시면 딴 후보가 딴지를 걸고 넘어지니까 보호자를 내 이름으로 하자고 그럽디다. 돈은 얼마든지 줄 테니까 딴 사람들한테는 알리지 말고, 암튼 염병 복잡해.

최배달   허이고, 말세다 말세!

고시원   그동안 할머니는 나 몰라라 미국 살다가 돌아와서 정치인이 되셨는데, 할머니가 살아있으니까 걸림돌이다 싶었던 거지.

강프로   어찌 보면 치매 걸린 게 다행 아닌가. 이런 꼴 저런 꼴 안 봐도 되고.

백반장   우리 수술도 시켜준다네. 내가 몇 년을 벌어도 택도 없던 수술을 높은 양반이 말만 하면 그 수술, 병원에서 공짜로 해 줄 수도 있다 안 하요. 나도 그 정치인 빽 한번 써 볼라요.

슈퍼맨   그 할매 손지가 여기 지역구 맞네. 어쩐지… 공약에 쪽방촌 철거해서 도시 미화하겠다고, 그래야 집 값 올라간다고 방송하고 다녔다네.

백반장   저 계단 위에 사는 사람들은 어차피 여기 쪽방촌 인간으로 안 봐. 우리들이 여기서 목을 맨다고 해도 눈 하나 꿈쩍 안 할 거라고. 우리 뜻대로 될 수도 없고, 그럴 바엔 그냥 돈 준다고 할 때 많이 챙겨서 나가는 것이 좋아.

최배달 오메… 더러운 시상~

고시원 어디로 갈 생각은 있고?

백반장 달동네 쪽 알아봐야지. 정씨 할머니는 요양병원에 모시고 가보고. 딴 할머니들도 대부분 갈 곳이 없어서 구청 가서 악다구니를 써보니까 공공임대 아파트 알아봐 준다고는 허는디.

최배달 그라믄 진즉 말을 혔어야제.

백반장 나도 생각이 많았어. 근데 이게 최선인 것 같아.

강프로 (돈 봉투를 챙긴다) 백반장 생각이 맞는 것 같구만.

최배달 그려도 이건 아니제. 끝까지 싸워는 봐야제. 우리도 인간 인디….

고시원 인간 구실을 못하면, 거기서 끝인 거야.

최배달 여기가 끝이라고, 거지같이 살았어도 우리 다 가족같이 살았잖여. 행복했잖은가.

백반장 행복? 나는 이날 평생을 살았어도 행복이 뭣인지 잘 모르겄소.

최배달 누가 그랍디다. 불행이 뭣지 알아야 행복이 뭣지 안다고. 그란디 우들만큼 불행한 사람들이 또 있소. 쩌그 위에 사는 사람들이사 행복에 겨워서 행복을 모르는 것이제.

백반장　나는 달동네로 갈랍니다. 같이 갈 사람들은 집 알아봐 줄

테니까 말하쇼.

최배달　우리 돈 없이도 잘 살았잖여라. 여그가 우리 왕국이고,

우리 고향인디, 가기는 어딜 가라. 우리가 진짜 식구 아녀.

고시원　법이 그려, 법이… 법은 우리 편이 아녀.

최배달　나랑 내기 장기, 바둑 계속 두고 살아야제. 성님!

고시원　백반장 간다고 하면, 우리도 다 그쪽으로 이사 가세.

거기도 사람 사는데 아녀.

우리들, 1.5평에서도 살았는디 어디서든 못 살겠는가.

최배달　(운다) 나는 못 가, 나는 안 간다고! 여그서 콱 디질라요.

강프로　나이 먹고 돈 없이 사는 놈은 죄다 죄인이여. 책임 못 질

인생을 산거지.

구라할배가 허겁지겁 쪽방촌에서 달려나온다.

구라할배　남씨, 남씨가 이상해.

백반장　일났네. 할머니! 할머니!

구라할배　얼음장이 따로 없어. 몸이 딱딱하게… 굳었어.

백반장　병원, 병원으로 갑시다.

모두, 쪽방촌 입구로 달려간다.

멀리서 앰블란스 소리, 들것에 실려가는 갱변할매, 백반장이 함께 따라간다.

사람들 놀라서 백반장이 사라진 쪽을 계속 응시한다.

한쪽 무대에 목사님이 별이를 안고 있다.

소녀, 자신의 아이를 신기하게 바라본다.

목사   신기하지?

소녀   네에. 천사 같아요.

목사   안아볼래?

소녀   부서질 것 같아서… 못 하겠어요. 근데, 너무 이뻐요.

목사   여기 있는 아이들이 다 그렇단다.

       이렇게 이쁜데, 그걸 알아줄 가족이 없다는 게… 슬픈 일
       이지.

소녀   ….

목사   그래도 용기를 냈구나.

소녀   죄송해요. 제가 너무 늦게 왔죠. 그땐 너무 겁이 나서.

목사   부모님께 말씀을 드려보는 건 어때?

소녀   두 분 다 새로운 가정이 있어서요. 전, 이제 갈 곳이 없
       어요.

목사   그래도 엄마는 알고 있어야 하지 않을까, 엄만데.

소녀   엄마요. 이젠 제가 엄마에요. 별이 제가 데려갈 거니까
       조금만 기다려주세요.

목사   그래, 어려운 결정을 했구나. 정말 다행이다.

소녀는 엄마가 사는 집으로 간다. 엄마가 등장한다.

엄마   (만삭이다) 왔니?

소녀   (배를 만진다) 동생 생기네. 첫 째는 네 살이지?

엄마   그래. 엄청 이뻐. 그럴 때지.

소녀   아저씨는… 잘 해주고?

엄마   그 인간하고는 다르지.

소녀   엄마, 나 있지….

엄마   돈 필요하니?

소녀   아니.

엄마   그럼, 왜 온건데.

소녀   엄마… 행복해?

엄마   불행하지는 않으니까, 행복 아닐까. 그런데 이상하게 불
       안해.

소녀   얼굴 봤으니까, 갈게.

엄마   현미야, (돈을 준다) 아저씨는 니 존재를 몰라.
       알면 부담스러워 할까봐, 말 못했어. 정말 착한 사람이거
       든. 돈 필요하면 찾아오지 말고 전화해라.

소녀   지금 살고 있는 동네 사람들은, 정말 어처구니없이 가난
       하거든. 할아버지, 할머니도 대부분 가족들이 찾아오지
       도 않아, 버려진 거지. 매일 싸우고 술 먹고 주사도 부리
       지만, 가족처럼 말을 해. 걱정을 하고, 도시락을 챙기고,
       내가 있어서 너무 좋대. 진짜, 웃기지? (돈을 돌려준다)
       엄마, 나도 알바해.

소녀, 다시 걸어서 목사님 쪽으로 온다.

소녀   아빠는 술만 마시면 밤낮 엄마를 때렸어요. 엄마가 도망
       쳐서 빈집에 혼자 있으면 차라리 죽고 싶었죠. 근데 아빠
       의 폭력이 병이라는 걸 나중에서야 알았죠. 다음 날 아빠
       는 나를 앞세우고 엄마를 찾으러 가서 빌었죠, 엄마는 늘
       그랬어요. 나 때문에 산다고, 내가 없었으면 벌써 아빠랑
       이혼했다고. 그 말이 어느 순간 내 가슴에 가시처럼 박혀
       버렸어요. 난 잘못 태어난 아이구나. 어느 날, 학교에 다
       녀왔는데 엄마가 가출을 했어요. 바람이 났대요. 그날부

터 제멋대로 살았어요. 그렇게 살아도 아무도 관심이 없더라구요. 내가 울면 엄마가 돌아올 줄 알았는데, 엄마는 돌아오지 않았어요.

목사　모든 고난에는 이유가 있단다.

소녀　어느 날, 아기가 뱃속에서 꿈틀거리는 걸 느꼈어요. 나만의 아기가요. 그때부터 이상하게 임신한 여자들만 눈에 보이기 시작했어요. 달이 차오르듯 배가 불러오는 여자들, 옛날엔 하나도 안 보이던 임산부들이 거리로 쏟아져 나와서 보란 듯이 걷고 있는 모습들이 신기했죠.

목사　자기만의 세상에서, 새로운 문을 열어 모두의 세상으로 들어서는 순간이 있지.

소녀　(아기에게) 별아! 너의 존재가 무서워. 그렇지만 너를 버리지 않을 거야. 미안해, 그렇지만 널 사랑해, 이건 진짜야.

목사　별이와 너를 위해 늘 기도하마.

소녀　정말 저도 엄마가 되고 싶어요.

소녀, 인사를 하고 거리를 걷는다. 계단 위쪽에서 아래를 내려다본다.

크리스마스 캐럴이 들리는 황홀한 반짝거림이 있는 계단 위쪽과 철거 현수막이 을씨년스러운 계단 아래, 그 경계에 서 있는 소녀.

쪽방촌 입구가 시끄럽다.

최배달   (바닥에 눕는다) 죽여라, 이놈들아! 나를 죽이고 여그를

철거하라고.

고시원   짐이라도 정리하면 그때 여기를 때려뿌시든가 해야지.

이것이 뭔 경우라요.

용역   우리는 돈 받고 하는 일이요. 사정 다 봐주면 우리도 골치

아프요.

시작해!

쪽방촌 사람들이 입구를 막아서자 용역들이 사람들을 끌고 나와서

구타를 한다.

삽시간에 아수라장이 되는 쪽방촌.

소녀, 달려가서 핸드폰으로 동영상을 찍는다.

소녀   당신들 뭐야, 당신들 깡패야. 왜 죄 없는 사람들 때려.

씨발… 다 찍었으니까 이거, 인스타에 올릴 거야.

당신들! 죽었어!

용역들 달려들어, 소녀를 구타한다.

잠에서 깬 우리, 놀라서 쪽방촌 입구에 서 있다.

우리　　우리 누나 때리지 마!

　　　　짭새 떴다!

　　　　짭새 떴다!

　　　　짭새… 떴다!

사람들 모두 정지.

우리　　짭새 떴다!

용역들, 우리가 있는 쪽방촌 입구로 달려간다.

도망가는 우리, 방으로 들어가 문을 잠근다.

어디서 시작되었는지 불길이 쪽방촌을 잠식해 나간다.

모두 놀라서 뒤로 물러선다.

“불이야~~~”

강프로와 최배달, 고시원이 쪽방촌 안으로 들어가 독거할매와 구라

할배를 모시고 나온다.

소녀　　우리! 우리는요? 우리 안에 없어요?

최배달   오메, 우리! 우리도 안에 있었지야.

강프로   안쪽에는 연기가 가득차서 아무것도 안 보여.

고시원   현미야, 전화! 119!

소녀   (헨드폰으로) 여보세요. 여기… 불이 났어요. 빨리 와 주
세요.

여보세요. 방안에 사람이 있다구요.

우리, 내 동생 우리가 저기 있다구요.

'우리야, 우리야!' 쪽방촌 사람들도 우리를 소리쳐 부른다.

최배달   (달려든다, 그러나 불길이 너무 세다) 오메, 우리! 우리
으짠디야.

강프로   불길을 보고 저 위쪽 골목으로 올라가지 않았으까.

고시원   내가 그 뒤쪽으로 가봐야겠어.

소녀   (울먹이며) 우리야, 우리야~

멀리서, 우리의 목소리 들린다.

소리   누나, 누나~~~

소녀, 우리의 소리를 듣고 불길이 뒤덮은 쪽방촌 입구로 달려 들어
간다.

모두　　안 된다. 현미야~ 현미야!!

　　　　망연자실, 쳐다보는 쪽방촌 사람들. 모든 동작이 멈춘다.
　　　　시간이 멈춘다. 불길이 더 거세진다. 쪽방촌이 무너져 내
　　　　린다.
　　　　차차 어두워진다.

　　　　암전.

　　　　가로등이 켜지고, 검게 타버린 쪽방촌이 하얗게 눈에 덮
　　　　여 있다.
　　　　계단 밑에는 소녀와 우리의 죽음을 추모하는 다양한 물
　　　　건들이 쌓여 있다.
　　　　다시 눈이 오기 시작한다.
　　　　쪽방촌 입구에서 우리와 소녀가 손을 잡고 웃으며 걸어
　　　　나온다.
　　　　계단을 올라간다.

소녀   우리야, 이제 계단 올라가도 가슴 안 아파?

우리   어, 누나! 나 이제 하나도 안 아파.

              누나, 우리, 고래 보러 가자.

소녀   고래? 우리야, 고래 보고 싶어?

우리   어.

소녀   누나 손 잡고 가자.

우리   응.

우리와 소녀는 계단을 올라가 아래를 한번 바라보다가 사라진다.

배달 청년이 계단을 울면서 내려온다.

눈은 계속 내리고, 눈에 가려진 불타버린 쪽방촌을 바라본다.

우리가 좋아하는 토끼 인형과 소녀와 함께 찍은 사진을 바닥에 내려놓는다.

배달 청년 계속 울고, 눈 계속 온다.

계단 위에 백반장이 별이를 안고 망연자실 서 있다.

눈은 계속 쌓이고 백반장은 계단 위에서, 배달 청년은 쪽방촌 앞에서 계속 서 있다.

가로등 깜빡거린다.

암전.

김복남
죽다
살다

등장인물

김복남1

김복남2

강림도령

직부사자

감재사자

할아버지

*** 모든 배역들은 부인, 딸, 아들 등 다양한 역할을 겸할 수 있다.

때

지금으로부터 삼일 동안.

무대

텐트가 가장자리에 한 동.

테크가 있고, 앞에 벤치가 있다.

무대 뒤쪽에 높낮이가 다른 계단이 있다.

1장

공원. 땅거미가 깔린다.

무대 상수에 위치한 텐트에 랜턴이 켜진다.

그 안에 김복남2가 멍하니 앉아 있는 모습.

강림도령(이하 강림)이 등장해서 어둠 속에 묻혀 있다.

마치 어둠과 한 몸 같다.

오토바이 멈추는 소리, 치킨 박스를 들고 김복남1이 등장한다.

김복남1　　배달이요~! (소리가 너무 작았나) 치킨 시키신 분!!!

김복남2 텐트 안에서 지퍼를 열고 얼굴만 내민다. 손을 든다.

김복남1이 다가가서 치킨을 건넨다.

김복남1　　이만 삼천 원입니다. 맛있게 드십쇼.

강림　　김복남씨!!

김복남1,2　　(동시에 고개를 돌려 대답) 네에!

서로 머쓱한 표정의 두 사람.

강림   김. 복남…씨?

김복남1,2   (이번에도 동시) 네에!! (두 명의 김복남, 서로를 쳐다본

            다)….

강림   (조금씩 다가오며) 김. 복. 남?

김복남1,2   (서로을 의식하며) 네에!

강림   김복남… 당신도 김복남?

김복남1,2   네에. 김복남!! (서로를 쳐다본다)

강림   (고개를 갸웃)

음악이 흐르면서, 그들 사이에 정적이 흐른다.

미묘한 시선들.

잠시 조명 아웃.

차차 음악이 사라지고.

강림도령과 두 명의 김복남은 텐트 밖 데크에, 의자에 앉거나 서

거나.

김복남1,2 강림도령의 눈치를 보고 있다.

김복남1   (더는 참지 못하고) 답답시라 죽겠네잉, 이보쇼.

김복남2   근데, 진짜 저승사자 맞소?

            저승사자라 하면… 검정 두루마기에 갓 쓰고,

입도 빨갛게 찢어지고.

강림　　　　（째려본다）

김복남2　　（눈을 피한다）

강림　　　　요즘 세대가 MZ세대, 당신들은.

김복남1　　우리야….

김복남2　　X세대죠.

김복남1　　X세대! 진짜 간만에 들어본다.

김복남2　　방가방가!

강림　　　　헐~~ (지나친다)

이승에만 세대차이가 있겠소. 저승도 마찬가지요.

우리도 트렌드! 중요하오.

김복남1　　트, 트렌드? 트렌드 같은 소리하고 자빠졌네.

（화를 버럭） 바쁜 사람을 언제까지 잡아둘건디라.

벌써 몇 시여. 오메~ 주말 장사 망쳐브렀네.

치킨은 배달이 생명인 거 모르요.

（치킨을 먹고 있는 김복남2에게） 시방 치킨 쪼가리가 목

꾸녕으로 넘어가요. 당신도 뭐라고 좀 해보쇼.

김복남2　　뭐라 그래. 지금 이 상황에서. 아, 치킨은 역시 후라이드야.

김복남1　　내가 미쳐.

강림　　　　（단호하게） 둘 중에 한 명은, 나랑 가야합니다.

김복남1   둘 중에 한 명? (김복남2를 쳐다본다)

김복남2   나는 아닐 걸.

김복남1   이 양반 웃기는 양반이네. 당신은 김복남 아녀.

　　　　　당신도 둘 중에 한 명이라고.

김복남2   누가 그걸 몰라. 근데, 난 아닐 걸.

김복남1   그라믄 나라는 소리여.

김복남2   나는 아니라는 거지.

강림   (두 사람을 쳐다본다)

김복남1   (강림에게) 한잔허쑈. 뭔가 착오가 있는 거지.

　　　　　한잔함시로 잘 생각해보소잉.

강림   근무 시간에는 술 안 마시는 게 원칙이요.

김복남2   허, 당신은 해 떨어지면 출근! 해 뜨면 퇴근!

　　　　　낮술을 해야 하나. 허허허….

　　　　　(자신이 생각해도 웃긴다) 귀신들은 낮엔 활동을 못 하지.

김복남1   뭐가 그라고 웃기요, 죽는다는디 시방 웃음이 나오요.

김복남2   죽기는 누가, 내가? 계룡산 법사가 그랬어.

　　　　　나 명줄 하나는 오지게 길다고.

김복남1   근디, 이 사람이 반말을….

김복남2   왜, 당신이랑 나랑 이름, 나이, 생일이 같어. 근데 뭐.

김복남1   미치겠네. 둘 다 갑인년 호랑이띠, 생일도 음력 십일월 이

일. 이름까지 김복남! 혹시… 복 복자에 사내 남?

김복남2　빙고.

김복남1　…허허허.

강림　가위 바위 보를 하라고 할 수도 없고. 어찌해야 할꼬.

김복남1　가위 바위 보? 지금 장난허요.

김복남2　그러지 말고 여기 좀 앉아서 생각이란 걸 해봅시다. 형씨!

강림　형씨?

김복남2　그럼 뭐라고 불러요.

강림　내 나이가 몇 살인데.

김복남2　아, 쏘리! 저승사자면… 나이가… 허억~ 엄청나겠어.

진짜 김복남이 오늘 죽어서 저승을 갈 그런 운명이라 이

거죠?

근데, 둘 다는 아니고 한 명만 죽는다. (김복남1을 처다

본다)

김복남1　음마, 뭘 처다보고 지랄이여.

김복남2　아무리 봐도 나는 아닌 것 같고.

혹시 치킨 배달을 하다가 오토바이 사고로… 끼이이익!!

쾅!!!

깨꼬닥!!!

강림　(김복남1를 처다본다)

김복남1   (손을 내민다) 오메, 저 양반이 사람잡네. 보쇼잉. 생명선
이 장난 아니여라.

강림   (김복남1의 손목을 잡는다)

김복남1   아, 나 안 가요, 안 가잉.

강림   (손금을 확인한다, 고개를 흔든다)

김복남1   그치라? 나 아니지라? 나 지금 죽을 팔자는 아니지라?

강림   (김복남2를 지그시 바라본다)

김복남2   (손을 펼친다) 나도 벽에 똥칠할 때까지 살어.

강림   (한숨)

김복남1   그럴 수 있어라. 저승사자 양반!
당신이 아무리 날고 기는 저승사자여도 실수라는 걸 할
수 있제라.
최복남! 박복남! 고복남! 딴 복남 아닐게라.

강림   김복남! 김복남! 맞소이다.

김복남1,2   (화를 낸다) 아우씨~~

강림   (저승 명부를 확인한다) 김복남! 맞는데….

김복남1,2   (서로 눈치를 주고 받는다)

암전.

전환 음악.

사라지면 무대 차차 밝아진다.

구석 벤치에 묶여 있는 강림. 손발이 꽁꽁. 입도 꽁꽁.

김복남1   이게 먹힐까?

김복남2   영화에서는 먹히던데.

김복남1   영화! 그래, 지금 이 상황은 영화보다 더 했으면 더 했지

          못 하지는 않으니께. 여기를 못 찾는 거 아녀?

김복남2   어허, 기다려. 이때쯤 오는 게 정석이지.

          (기를 모은다) 아, 느낌이 온다. 오고 있어. 온다!

부분 조명 속, 감재와 직부가 서 있다.

김복남1   (놀라는) 허억!

김복남2   왔다!!

김복남1   뭐여, 두 명이여?

김복남2   2대2. 구색이 맞네.

직부,감재   (쳐다만 보고 있다)

김복남1   뭐라고 말잔 붙여봐.

김복남2   급한 놈들이 하겠지.

직부   어허, 둘이네.

감재	명부에는 한 명인데.
직부	쫄지마! 우리 저승사자야.
감재	그러기엔 우리 꼴이….
직부	그러니까 내가 뭐랬어. 저승사자면 저승사자답게 입고 다니자고 몇 번을 말해.
감재	치이, 좋다고 할 때는 언제고.
김복남2	저놈들, 좀 이상하지 않아?
김복남1	잉, 이상혀. 많~~~이.
직부	한 사람은 있어 보이고.
감재	딴 놈은 좀 이상하지 않소?
직부	어, 이상해. 엄~~~청.

김복남2가 앞으로 나선다.

김복남2	거, 저승사자 맞소?
직부	(나서며) 보면 모르겠소이까.
김복남2	봐서는 잘 모르겠소.
직부	(들어간다) 흠.
감재	(나서며) 저승사자를 모욕하면 어찌 되는지 모르오?
김복남1	(나서며) 우리야 모르제.

감재   (들어간다) 흠.

직부   (나서며) 인간이 저승사자를 인질로 잡아.

        우리 강림도령은 어딨소.

부분 조명, 강림이 몸부림치는 모습.

직부,감재   (놀라며, 서로 껴안는다) 허어~~~

직부   (다시 정신을 차리고) 저분이 누군 줄 알고.

        당신들… 실수하는거요.

김복남2   실수, 실수는 니들이 하고 계세요.

김복남1   맞어. 피해자는 우리여. 콕 찍어서 누구라고 말을 해줘
        야 우리도 믿음이 가는디, 김복남씨~ 이름 하나 달랑 들
        고 오면 네에~~ 하고 따라갈 사람이 어딨겄어. 안 그라
        요?

감재   하긴 그러네.

직부   (눈치를 준다) 어허!

        인질.. 아니 우리 강림도령! 지금 당장 풀어줘.

김복남2   어허, 협상은 우리가 해.

직부   협상, 당신들 후회할 일 만들지 말고. 좋은 말 할 때 풀어
        주는 게 좋아.

김복남1   그러니께, 우리 둘 중에 한 명이람서. 그게 누구냐고?

직부,감재   (김복남1,2를 살펴본다, 서로 쳐다보며 고개를 끄덕인다)

하나, 둘, 셋!

직부   (김복남1을 가리킨다)

감재   (김복남2를 가리킨다)

김복남1,2 나아!!!

직부,감재 왜에!!

직부   딱 봐도 저 사람이잖어.

감재   아니죠. 딱 봐도 이 사람이지.

김복남1   뭐, 뭐가 내가 죽을 사람으로 보여.

직부   돈 없지?

김복남1   잉.

직부   빽 없지?

김복남1   잉.

직부   답 나왔네.

김복남1   뭐, 돈 없고 빽 없으믄 죽어야 되남.

김복남2   (직부 쪽으로 붙으며, 하이파이브를 한다)

(감재에게) 이 양반은 보는 눈이 없어. 감이 떨어진달까.

감재   돈 많지?

김복남2   많지.

감재	가방 끈 길지?
김복남2	길지.
감재	맞네. 이 사람이 맞어.
	돈 많고 가방 끈 긴 놈 중에 죄 없는 놈 못 봤어.
김복남1	(감재 옆으로 가서 안마를 한다) 아따, 영험하네.
직부	멍청아! 그러니까 같이 가야할 사람은 그 사람이 맞지. 대기업 회장이고 정치인들이고 죄 짓고 깜방 가는 거 봤어? 일찍 죽는 거 봤냐고. 통계학적으로 착한 사람이 비명횡사하잖아.
감재	(김복남1을 쳐다보며) 그러네. 여기는 얼굴에 '나 착함' 이렇게 적혀 있어.
김복남2	듣다보니까 기분 나쁘네. 내가 뭘 그렇게 나쁘다고….
직부	죽는 것 보다는 낫지 뭘 그래.
김복남1	돈 없고 빽 없는 것도 서러운디 착하게 살아서? 그래서 죽어야 할 운명이라는 건 너무 억울하잖여.
감재	말이 그렇다는 거지.
직부	그렇다면….
감재	그렇다면!?
직부	우리는 좀 달라야 하지 않을까.
감재	어떻게.

직부   더 착한 사람은 살려주고. 더 나쁜 사람을 데려가는거야.

감재   그럼, 답 나왔네. (김복남2를 쳐다본다)

김복남2 (당황) 나, 그렇게 나쁜 사람 아니야. 씨발! (입을 막는다)

김복남1 (더 순박한 표정으로) 욕, 나쁜 건데. 막하네. 흐흐흐.

김복남2 가증스럽게. 그 표정은 뭐야.
        얼굴보고 착하네 아니네, 그걸 결정한다고. 이 사람들 못 쓰겠네.

직부   아, 뭐 그건 그렇지.
        얼굴은 천산데 속은 악마인 사람도 많으니까. 당신 말도 맞아.

감재   근데, 착하다는 건 뭐지?

직부   법과 질서를 잘 지키고….

감재   아~ 친구 힘들 때 도와주고.

직부   그렇지.

감재   어려운 지인들 밥 사주고, 술 까주고.

직부   그렇지.

감재   친척이 보증 서라면 서주고.

직부   그렇지.

감재   그건, 호구지. 착한 게 아니고.

김복남2　참, 듣고만 있자니 배아리가 꼴려서.

물어봅시다. 착한 사람은 처음부터 타고 났다고 생각해?

착한 종자, 나쁜 종자가 따로 있냐고.

직부　어느 정도는.

김복남1　그럼 나는 어떻게 보이요?

직부　나쁜 사람 같아 보이지는 않아.

김복남2　그럼, 나는 나빠 보이고?

직부　아니, 당신도 그닥.

김복남2　금수저, 흙수저 들어봤을 것이오. 것도 억울한데 성품까

지 타고 난다면 인생 살고 싶겠소.

김복남1　평생 착하게 살다가 딱 한 번 나쁜 짓을 혔어.

그라믄 그 사람은 착한 사람이요? 나쁜 사람이요?

김복남2　동시에 나쁜 짓도 하고 착한 짓도 했소. 그럼 그 사람은

나쁜가, 아님 착한가?

선행도 악행도 저울질해서 악행이 더 많으면 데려가는

거요?

직부,감재　(자포자기) 아….

직부　내가 했던 말, 철회하겠소.

감재　그럼, 어쩐다….

김복남1　염라대왕한테 전화해.

직부,감재 안돼!!

직부 우리까지, 다 죽어.

김복남2 당신 이미 죽었잖아.

직부 아~ 죽었지.

모두 (실소) 크크크크

웃다가 직부가 김복남1의 손을 잡고 있다.

직부 어디 보자, 아버지가 안 보이네.

김복남1 실종되신지 쫌 되얏소.

직부 어머니는 돌아가셨고.

김복남1 귀신이네.

직부 귀신, 맞아.

김복남1 어허허허, 그라제. 귀신이제.

직부 (머리카락을 뽑아서 날린다, 눈을 이상하게 뜬다)

아하, 여기도 불쌍한 중생이구만.

김복남2 불상은 절에 가서 찾으셔.

직부 교회 다니네.

김복남2 교회는 다녀도 천당 지옥, 이딴 거 안 믿어.

김복남1 그럼, 교회는 왜 다닌다요?

김복남2   비즈니스!

김복남1   진짜, 헐~~~

김복남2   근데, 생각할수록 열 받네.

먼저 죽은 게 대수야. 저승사자면 다냐고.

정확성이 있나. 명료함이 있나, 정중함이 있나.

아, 이런 경우는 어디다 항의를 해야 되는 거야.

국민 청원? 대통령한테 편지를 쓸 수도 없고.

김복남1   지발 고 입 좀 다무쇼잉.

저승사자 심기 건드려서 좋을 게 뭐 있다고.

김복남2   이 양반들이 산 사람을 가지고 놀잖어.

억울한 건 우리 아녀?

김복남1   (사이) 그라네, 지금 지일로 억울한 사람은 우린디.

장사 손해 본 거, 책임질 거여 뭐여.

김복남2   죽는 마당에 장사 손해 본 게 대수야.

김복남1   죽기는 누가 죽어.

김복남2   둘 중에 한 명은 죽어야 한다잖어.

그… 돈이라면 내가 얼마든지 줄 수 있는데. 당신이 따라

가지.

김복남1   얼마 줄건디?

김복남2   열 장이면 되겠소.

김복남1   열 장이면… 억~~

김복남2   (손짓으로)

김복남1   십억!

직부,감재   (입모양) 우와~~

김복남1   아무리 돈이 좋아도, 그건 아니제라.

직부,감재   (아쉬운 표정) 에이~~

김복남1   (저승사자들을 째려본다) 아따, 못 쓰겄네. 저승사자도

           돈을 밝혀.

김복남2   내 말이, 먼저 죽은 게 벼슬도 아니고.

           누굴 데려가야 하는지도 모르고 찾아오는 저승사자가 어

           딨냐고.

김복남1   옳소. 한 명도 모자라 세 명씩이나 떼거지로 다님서.

김복남2   순진한 이승 사람 혼이나 내고. 무능한 저승사자들!!

김복남1   우리한테 어쩌라고.

직부가 나선다.

직부   자자, 이런다고 해결될 문제가 아닌 듯 싶소.

           그래도, 우리 강림도령이 이 방면에서는 베테랑이니까

           우리 강림도령 풀어주고 해결 방법을 모색해 봅시다.

김복남2   조건이 있어. 인질로 잡은 죄를 묻지 않는다!

직부,감재 (고개를 끄덕인다)

김복남1,2 서로 눈치를 보다가 슬슬 강림도령을 풀어준다.

강림   아봐~ (몸을 푼다) 저승사자 인생 수백 년만에 이런 경

            우가 있어. 이것들을!

김복남1,2 (무릎을 꿇고 싹싹 빈다) 죄송합니다.

강림   직부!!!

직부   그러니까, 지들이 왔잖아요.

감재   (아부를 떤다) 고생 많으셨죠. 에고 땀 좀 봐.

김복남2   그건 그렇고, 풀어준 건 우리요.

강림   흠, 명부에는 한 명, 여기 사람은 둘!

            이름, 사주팔자까지 같은 건 이들 운명이니까.

            분명! 죽어야 할 사람이 밝혀지겠지.

            시작합시다!!

강림을 중심으로 직부와 감재가 이상한 의식무를 춘다.

그리고 이상한 신음 소리를 내면서 기를 모은다.

그걸 지켜보는 두 김복남.

직부   인간만이 자신이 죽을 운명이라는 걸 안다!

감재   죽음은 뒤에서 날아오는 돌이지. 피할 수가 없어.

강림   올 것은 지금이 아니어도 오고야 말지.

김복남1,2도 서로 뭉친다.

의식무 더 격렬해진다. 그러나 어딘지 코믹하다.

강림   흰 얼굴 검어지고, 검은 머리 희어진다 했지.

감재   언젠가는 죽을 목숨!

직부   죽는 건 쉽지. 사는 게 재주라.

강림   명부에 적힌 김복남은 한 명. 여기 김복남은 두 사람.

감재   서로 못 가겠다 발뺌해도 하늘에 뜻은 불변이니.

직부   흠, 우리도 과오를 범했으니, 잘못은 인정하오.

강림   그러나, 명부에 적힌 이상, 한 명은 꼭 우리랑 가야 하오.

김복남1   그러니까, 누구냐고라.

김복남2   정확한 근거를 대야 따라를 가든 할 것 아니오.

강림   어찌 살아왔는지를 보면, 업보가 보일 것이고

        자, 그럼 살아온 내력이나 들어봅시다.

김복남1,2 서로 바라본다.

잠시 정적.

김복남1　　까짓 거, 죽기 아니면 까무라치기제.

김복남2　　그럼, 당신부터 쭉 읊어봐.

작은 소품을 활용해서 무대 중앙으로 이동하면 과거 조명이 밝혀
진다.
젊은 김복남1을 연기한다.

김복남1　　붕어빵!!! 맛있는 붕어빵 있어라.

부인　　(머리에 스카프를 쓰고 등장, 주변을 맴돌기만)

김복남1　　붕어빵 드리께라?

부인　　(고개를 끄덕인다, 붕어빵을 받아서 호호~ 불어서 통으
로 먹는다, 약간은 게걸스럽게)

김복남1　　아~~ 저걸 한입에? (관객에게) 오메… 가심이.
저는 첫눈에 알아봤죠. 이 여자다! 바로 이 여자다!

부인, 조명 밖으로 나간다.

김복남1　　전 결심했어라. 그녀에게 고백하기로. 그녀의 집 앞에서

무작정 기다렸지라. 그날따라 비까지 오고.

(우산을 쓴다) 저 멀리 그녀가 오고 있었지라.

근디, 어, 혼자가 아니네. 잘 생긴 남자랑 함께였지라.

(우산을 돌려쓴다) 아, 내 첫사랑… 미영씨.

(꽃다발을 던져버린다)

감재	첫사랑 끝?
직부	아쉽다.
김복남1	어허, 말을 끝까지 들어보쇼.

그라고 2년이 지났을 것이요. (벤치에 앉는다, 운전대를 잡는 시늉, 입으로 택시 소리를 낸다, 부웅, 찍~)

부인　(조명 안으로 들어와서 택시를 잡는다. 코믹하게)

김복남1　(택시를 멈춘다) 어서 오십쇼, 어디로 모실까요?

부인　(눈물을 흘린다)

김복남1　손님, 무슨 안 좋은 일이라도 있으시오.

부인　(더 크게 운다)

김복남1　사람이 살다 보믄 슬픈 일이 왜 없겠소잉.

부인　(대성통곡)

김복남1　(손수건을 준다) 그래도 다 지나갑디다. 그라니께 힘내쇼.

부인　(코를 푼다) 쌍놈의 시끼.

김복남1 에에?

부인 아녀, 그쪽한테 하는 말이 아니라… 애인이랑 헤어졌
어요.

김복남1 야아.

부인 양다리를 걸쳤드라구요.

김복남1 확, 상놈의 시끼! 이라고 이쁜 아가씨를 두고 양다리? 복
을 찼구만, 복을 찼으.

부인 제가 이뻐요?

부인과 김복남1, 눈이 마주친다.

놀라는 두 사람.

김복남1 미영씨!!!

노래가 흘러나온다.

김복남1과 부인은 사랑의 꿈을 슬로우로 추기 시작한다.

나머지 사람들, 코러스가 된다.

직부 이런 게 운명인가.

감재 택시에서 다시 상봉!!

직부   그래서 결혼했소?

감재   집안 반대는 없었고?

김복남1   미영이는 대학교를 댕기고 있었고, 나는 홀어머니 밑에
서 가장 노릇을 하는 못 배운 장남이었응께. 반대가 심
했지라.

(부인에게) 미영씨, 나는 배운 것도 없고, 동생들도 줄줄
이 다 내가 건사해야 써라.

부인   그래도, 전 복남씨가 좋아요. 복남씨랑 함께 있으면 뭐든
할 수 있어요.

김복남1   참말이요 미영씨!!

부인   네에. 복남씨!!

김복남1   그녀는 친정과 의절하다시피 하고 나를 선택했지라.
동생들 뒷바라지로 청춘 보내고, 좀 살겠다 싶었는데 어
머니가 풍이 와서 십 년 가까이 고생 많이 했고라.

(조명 밝기) 딸이 금방 결혼을 하요. 딸내미 손을 잡고
결혼식장으로 걸어 들어가는 연습을 매일 하지라.

감재   신부 입장!

딸과, 김복남1 손을 잡고 걷는 연습을 한다.

'딴딴딴 딴따라라라'

김복남1　아내는 다이어트를 시작했어라.

실은 결혼식도 못 올리고 딸이 생겨서 살림을 차렸거든요.

아내는 살을 빼서 딸하고 같이 웨딩드레스를 입겠다고 밤마다 운동을 하드라고라.

한쪽에서는 부인이 훌라후프를 돌리고 있다.

부인　여봉! 나 어때. 쫌 빠졌어?

김복남1　(엄지 척!, 그리고는 혼잣말로) 평생 찐 살이 하루아침에 빠지면 기적이제.

인자 좀 살겠는데, 이렇게 행복했던 적이 없었는디. 근디, 나를 데려가겄다고.

직부, 감재 (고개를 젓는다)

중앙 무대 조명에서 자연스레 김복남1이 빠져나온다.

모두, 김복남2를 쳐다본다.

김복남2 결심한 듯 손을 높이 든다.

김복남2의 주제곡이 흐른다.

김복남2가 걸어서 조명 안으로 들어간다.

홍콩 느와르 영화 남자 주인공인 양 코트 깃을 세우는 김복남2.

김복남2 고독하구만⋯ 천상천하 유아독존이라 했거늘.

　　　　　천애고아로 태어나 생존을 위해 닥치는 대로 이일 저일

　　　　　다 하고 살아온 김복남 인생.

김복남1 뭐여, 고아! 부잣집에서 태어난 것이 아녀?

김복남2 (입 다물라는 손짓) 고아로 태어나 보지 않은 사람은 모

　　　　　르지.

　　　　　평범하게 사는 것이 얼마나 위대한가를, 그때부터 나는

　　　　　신을 믿지 않았어.

김복남1 교회 댕긴다고 하지 않았남?

김복남2 (째려본다)

직부,감재 (김복남1의 입을 막는다)

김복남2 자기 운명을 마음대로 할 수 있는 사람이 바로 신이니까.

　　　　　내가 바로 신이다!

감재,직부 할렐루야!

김복남2 양자로 입양된 곳에서도 눈칫밥을 먹으며 살아왔는데,

　　　　　결국 그 집도 아들을 낳고는 나를 쫓아내더군.

　　　　　죽을 고비도 여러 번 넘기고, 지독하게 치열하게 살아왔소.

　　　　　죽으란 법은 없었는지 공부 머리는 있어서 족족 시험에

붙었지.

김복남2   (책을 펼치고 필승이라고 적힌 머리띠를 두른다)

감재,직부   (형설지공! 플래카드를 펼친다)

김복남2   (플래카드를 보며) 형설지공! 그 말이 무슨 뜻인지 뼈에
새길 정도로 진짜 죽어라 공부만 했어.
그때는 성공할 수 있는 길이 공부뿐이라.
가슴에 독을 품었지. 결국 성공도 했고, 이쁜 아내도 만
나고 돈도 벌었지.

아들과 마누라가 각각 등장

아들   아빠, 나 차 한 대만 뽑아줘.

김복남2   작년에 사준 차는 어쩌고.

아들   후져서 못 타. 친구들은 다 외제차로 갈아탔어.

김복남2   대학생이 무슨 외제차를 타.

아들   아빠, 돈 벌어서 뭐하게. 좀 줘요. 나중에 다 물려줄
거 아냐.

김복남2   아내는 운전기사랑 바람이 났어.

마누라   (감재사자와 키스를 하려고 한다)

감재   (거부한다)

김복남2　날마다 만나서 입을 맞추고, 지랄났지.

감재　(어쩔 수 없다는 듯, 입을 맞추고, 입을 닦는다)

김복남2　늘 잔소리를 하던 아내가 어느 날 너무 상냥해졌지.

마누라　여봉! 당신 보약 (컵을 내민다)

김복남2　(받아서 마신다) 캬~ 쓰다!

내 와이셔츠를 다리면서도 콧노래를 불러. 내가 출근하기만 기다리는 거지. 미스코리아 뺨치게 고운 우리 와이프를 어디서 다시 만날까.

모두　(마누라를 쳐다본다) 미스… 코리아?

김복남2　처녀 적엔 진짜 이뻤다고.

김복남1　그 마음 나도 알제. 언능 이어가소.

김복남2　운전기사랑 붙어먹는 걸 알면서도….

밝히면 떠날까봐 그게 두려워서 모른 척 넘어가고 있어.

바람은 그냥 바람이지, 돈 맛을 본 이상 나를 떠나지는 못하지.

죽도록 공부하고 죽도록 일해서 자수성가 한 놈한테. 번 돈은 다 쓰고 가야할 것 아녀.

나, 억울해서 못 죽어. 나, 죽어도 못 죽어.

직부,감재　(고개를 젓는다)

김복남2 다시 텐트 쪽으로 걸어온다.

강림도령이 직부사자와 감재사자를 불러서 회의를 하는 듯.

심각하지만 어딘지 코믹하다.

김복남1 치킨을 먹기 시작하고, 김복남2는 생맥주를 마시기 시작한다.

직부사자와 감재사자가 그들을 지켜본다. 배가 고프다.

김복남1이 손짓한다.

강림도령의 눈치를 보는 직부사자와 감재사자.

김복남2   에라, 죽어서도 눈치를 봐.

직부   죽어도 서열이란 게 있으니까.

감재   냄새 죽인다.

김복남1   죽인다! 이런 말은 좀 삼가쇼. 우리 예민해.

감재   그러게.

직부   (배에서 꼬르륵 소리가 난다)

감재   (직부사자를 쳐다본다)

김복남2   (강림도령에게) 이것도 인연인데.

           같이 먹읍시다.

모두   (강림도령을 쳐다본다)

감재   (꼬르륵 소리 커진다)

강림   (못 이기는 척 그쪽으로 다가가며) … 날개가 있으려나.

김복남1   먹을 줄 아셔.

저승사자들과 두 명의 김복남은 주거니 받거니 술을 마신다.

김복남2   까짓 거, 이렇게 된 거. 통성명이라도 합시다.

             나는 칠사년생 김복남이요.

김복남1   이하 동문이요.

감재   나는 감재!

김복남2   감자?

감재   아니 감재!

김복남2   뜯어보니까 진짜 감자처럼 생겼네. 포테이로! 감자!

감재   에이~ (술을 원샷)

직부   나는 직부요. 직부사자! 우리 강림도령이 여기선 대빵!

             나는 넘버 투!

감재   어디서 넘버 투래, 내가 넘버 투지.

직부   (대갈통을 깐다) 취했냐?

감재   …나이 많은 게 자랑이다.

직부   뭐라구?

감재   (술을 건네며) 드셔.

김복남1   긍께, 저승에도 서열이 딱딱 있구만.

김복남2   있었지, 찬물도 위아래가 있는데. 저승이라고 없을까.

강림   (술잔을 빼앗는다) 근무 중에 너무 마신다.

감재   (취해서) 성님! 먹고 죽은 귀신 때깔도 좋다는데.

강림   성님? 흠, 그래… 너는 때깔이! 지금부터 때깔을 위해서
         라도 잘 챙겨먹어라.

직부   옛말 그른 거 하나 없습니다. 성님!

강림   성님!?

직부   (쳐다보고 서로 웃는다) 하하하.

술잔이 돈다.

김복남1   서당개 삼 년이면 풍월을 읊고, 치킨집 삼 년이면 손님을
         안다!
         뭐, 이런 말이 있어라. 후라이드 좋아하는 사람?

감재   (손을 든다)

김복남1   겉과 속이 똑같아. 순수한 영혼이란 거제. 닭다리 좋아하
         는 사람?

모두   (손을 든다)

강림   난, 날개!!

김복남1   그치, 대부분 닭다리를 좋아하지.

맨 처음에 다리 먼저 먹는 사람?

직부   (손을 든다)

김복남1   사랑받고 자랐구만. 다들 닭다리는 좋아해도 내 차지는

힘들잖여.

김복남2   에이, 그럼 날개 좋아하는 사람은 바람 피고.

목 좋아하는 사람은 노래 잘하나?

김복남1   그 엄청난 비밀을 어떻게 알았당가? 나 목 좋아해.

천개 이상 먹었을 걸.

그런 의미로다가 노래 한곡 뽑아브러?

김복남2   오늘 밤 죽을지도 모르는데, 뭐 좋다고 노래를 해.

김복남1   그런가.

감재는 직부사자의 다리를 베고 눕는다.

직부   (자장가를) 자장~ 자장~ 우리 아가~ 잘도 잔다 우리

아가~

(사이)

자장가 소리에 강림도령도 꾸벅꾸벅 졸기 시작한다.

직부의 자장가 소리에 한 명씩 졸다가 잠이 드는 김복남1,2.
암전.

어둠 속에서 김복남1,2의 목소리.

소리   어이, 어이~ 아이씨~ 정말 이럴래.
소리   뭐여. 이거 실화여.
소리   야아~ 죽을래.

무대 밝아지면 김복남1,2 벤치에 묶여 있는 김복남1,2.
저승사자들은 뭔가 의식을 치르고 있다.

김복남1   이거 꿈 아니제.
김복남2   이렇게 생생한 꿈이 어딨냐.
김복남1   (주변을 살피며) 아무도 없소잉. 우리 좀 살려주쇼.

직부가 일어서서.

직부   조용히 좀 하지. 안 그럼 입까지 막는다.
김복남2   이건 반칙이지.

감재   반칙, 반칙은 니들이 먼저 썼고.

김복남2   감자, 니는 좀 빠질래. 넘버 쓰리가 나설 때가 아녀.

감재   뭐야. 저게.

강림   (눈을 뜨면서) 어허. 우리 저승사잡니다. 품위를 지키
         세요.

직부,감재 죄송합니다.

강림은 의식을 마치고 일어나서,

경쾌한 중량감이 느껴지는 마무리 의식무를 춘다.

그러면서 거대한 기를 느낀다.

직부와 감재가 통을 하나 들고 나온다.

강림, 신중하게 깃발을 하나 뽑는다.

깃발에는 부자라고 적혀 있다.

감재   오에~~ 부자!!! (김복남2를 쳐다본다)

김복남2   뭐, 나 뭐?

감재   (손으로 죽는다는 표시)

김복남1   (안도의 한숨) 후우~ 그거여.

강림   이것이 하늘의 뜻이니, 당신!!! 우리랑 갑시다.

김복남2   아니, 죽음을 그딴 식으로 결정한다고. 아, 나는 반대여.

수궁 못 해.

강림   당신의 생각은 중요치 않소.

김복남2   아, 몰라~~ 그리고 저승사자가 세 명인데 왜 당신만 뽑

            아. 직부랑 감자랑. 다 뽑아야 공평하지. 삼 세 번 몰라

            요?

직부,감재 (난감하다) 흠….

김복남1   아따, 남자가 쪼잔하기는. 하늘에 뜻이라잖여.

김복남2   하늘에 뜻 같은 소리하네. 그냥 뽑기잖어. 아~ 난 인정

            못 해. 염라대왕 만나면 다 이실직고할 거야.

김복남1   이실직고? 그게 무슨 말이야?

김복남2   사실대로 다 까발릴 거라고.

강림   아~ 좋소. 숫자 삼!! 예부터 3!은 천지인. 조화의 숫자

            이니

            다들 뽑아보지.

직부   (기를 모아 뽑는다) 무식!!!

김복남2   에스!!!

김복남1   무식이 왜? 나야?

김복남2   멍청아, 그럼 너지 나냐?

강림   일대일!

모두   (감재를 쳐다본다)

감재   (더 요란한 준비 동작, 뽑는다) 고아!

모두   고아?

감재   (김복남2를 쳐다본다)

김복남1   나 아니제?

강림   이대일! 무식 김복남 승!

김복남2   어허, 뭔소리! 나는 천애고아! 무식 김복남은 부모님 두
          분 다 없으니까 고아! 맞잖아.

김복남1   에이, 또 우긴다.

김복남2   우기는 게 아니고. 생각해보라고.
          나는 선천적 고아, 야는 후천적 고아! 둘 다 부모 없는
          건 맞잖어.

직부   그러네.

모두   (각자의 반응) 아이씨~~~

강림   이러다 날 새겠소. 사람 하나 데려가는 게 이렇게 힘들
          다니.

직부   잊으셨소, 강림도령은 잊으면 안 되는데.

강림   (웃는다) 그만 하지.

김복남1   뭔디라?

김복남2   궁금해 죽겠네.

한쪽에 부분 조명이 들어온다.

처자가 등장해서 강림의 소매를 잡고 부분 조명 쪽으로 끌고 간다.

강림   어머니를 모시러 왔소이다.

처자   (애걸복걸) 저승사자님! 제발 부탁드려요.

          우리 어머니, 평생을 고생만 하신 분이랍니다.

          제발, 하루만, 딱 하루만 더 살게 해 주세요.

          이렇게, 이렇게 애원합니다.

직부   마음 착한 강림도령은 그럼 딱 하루만 봐준다고 돌

          아갔어. 그리고 그 다음날 어머니를 또 찾아갔지.

강림   어머니를 모시러 왔소이다.

처자   (음식을 내밀며) 제발 딱 하루만 더 살게 해 주세요.

강림   그래도, 이것은….

직부   마음 착한 강림도령은

강림   (직부를 쳐다본다)

직부   마음 착한 강림도령은 또 하루만 봐준다고 돌아갔어. 그

          러다 삼일이 지나고… 그 사이 다른 집 영감님이 먼저 세

          상을 떠나서 저승 명부가 뒤죽박죽 엉망이 되었지 뭐야.

강림   (머리를 쥐어뜯는다) 으아~~~

김복남2   그 여자… 이뻤구만.

김복남1   (웃는다) 으하하하.

강림   부모 살리겠다고 애걸복걸하는 모습이 이뻤지.

김복남2   우리도, 우리도 살려달라고 애걸복걸 하잖어.

김복남1   우리가… 이쁘겠어? 인질극은 어쩔 거여.

강림   나 그렇게 소심한 사람 아니오.

김복남2   거 봐.

강림   마음에 상처는 입었지만.

김복남1   거 봐.

강림   이제… 어찌 했으면 좋겠소.

김복남2   그걸 왜 우리한테 물어봐요. 이건 당신들 일이잖어.

강림   죽는 건, 당신들 일이니까. 능동적으로 죽음을 직시하고
         결정도 당신들이 하면 좋은 거 아니오.

김복남1   능동적으로 죽음을 직시하고, 결정한다?

김복남2   죽는 건 우리니까.

김복남1,2 (서로 쳐다본다) 씨발~~~

김복남2   좋소, 우리가 결정할 테니까. 이거나 좀 풀어줘.
         죽으면 꼼짝도 못하고 땅에 묻힐 거. 지금은 아니잖어.

김복남1   그려, 이러다 배고파서 죽겄어.

직부와 감재, 강림의 지시를 받고 김복남1,2를 풀어준다.

김복남2가 텐트 안에서 먹을 것을 챙겨온다.

허겁지겁 먹는 김복남1.

직부   죽는 거, 그거 별 거 아닌데. 안 그래?

감재   그래, 우리가 죽어봐서 알잖어.

          사는 게 재주지, 죽는 거 한 순간이야.

김복남1   그치, 사람 목숨… 죽으려고만 하면.

직부   당신 살기 힘들잖어.

감재   죽고 싶었던 적 없어?

김복남1   왜 없었냐. 많았제.

          배고픔, 가난! 그때는 다 가난했으니까. 육성회비 못내
          서 매일 선생님이 앞으로 불러내셨어. 그리고는 매를 때
          리셨지. 매질로 온몸이 아팠지만, 더 서글픈 건 친구들
          앞에서 내 가난이 들통나는 순간, 죽고 싶었어. 그래서
          못 배우고 가난한 절름발이 아버지가 부끄러웠어. 가끔
          아버지를 길에서 만나면 나는 도망을 쳤어. 친구들이 볼
          까봐. 절름발이 아버지가 사라졌으면 했지.

직부   근데, 이젠 당신이 아버지가 됐네.

          아버지 돌아가셨다고 했던가.

김복남1   아니, 실종! 집에 돌아오시질 않았어. 어린 나이에 졸지

에 가장이 된 거야. 아버지가 더 원망스러웠제.

직부　　난 총각이라 그 심정까진 모르겠지만, 애쓰고 살았겠어.

김복남2　복에 겨운 소리, 가족이 있다는 게 얼마나 큰 힘인데. 세상에 나 혼자 버려진 기분이 어떤 건지 알기나 해. 몇 번이나 한강 다리를 배회했어. 뛰어내리고 싶었지. 하루에도 열 두 번, 죽고 싶었던 적이 많아. 죽어라 공부해서 성적은 좋은데 고아원 출신이라는 꼬리표는 지금까지 사라지지 않더라고, 족쇄같이.

감재　　옛날에도 양반 쌍놈 그 벽은 허물지 못했으니까.
　　　　　지금도 흙수저 금수저 타고 나는 걸 보면.

강림　　다들 부인한테 잘 해야겠네.

김복남2　바람난 마누라! 돌아오겠지.

김복남1　돌아오지. 나도 남은 평생 잘 할 거야.

감복남2　(화를 낸다) 근데, 뭐? 죽음을 능동적으로 결정하라고?

김복남1　우리처럼 불쌍한 사람들한테. 죽어라 죽어라! 그런다고?

직부,감재　성님!!

강림　　뭐? 나한테 어쩌라고.

분위기가 심각하다.

직부와 감재가 텐트에서 술을 찾아서 나온다.

분위기를 살리려고 애를 쓴다.

감재　　　　성님들! 한잔 하세. (술병을 흔든다)

술을 마시는 저승사자들, 분위기를 살리려고 직부와 감재가 춤을
추고 노래를 부른다.
멀리서 '꼬기오~'
잠시 정적, 후다닥 의관을 갖추고 선다.

감재　　　　(술이 덜 깬) 꼬끼오~~
직부　　　　날 샜다.
강림　　　　내일 다시 오겠소.
김복남1,2　(고개만 *끄덕끄덕*)

암전.

2장

다음 날,

김복남2의 텐트 안에 김복남1이 자고 있다가 일어난다.

김복남1   (핸드폰을 확인한다) 시간이… 벌써.

김복남2   외박해도 괜찮아?

김복남1   지금 이 어처구니없는 상황을 어떻게 설명해.

         우선 상갓집에서 날밤 까고 간다고 둘러댔지.

김복남2   부인이 믿어?

김복남1   … 어, 뭐야. 당신 부인은 안 믿나?

김복남2   내가 못 믿어. 바람난 마누라! 자네라면 어떨 것 같아?

김복남1   글쎄… 당해보질 않아서.

김복남2   우리 별거 중이야.

김복남1   아니·돈 밖에 없다는 사람이 무슨 별거를 텐트에서 하나.

김복남2   내 유일한 취미가 이거거든. 텐트에 틀어박혀서 빈둥거

         리는 거. 이런 호사가 어딨어.

김복남1   허허~ 이런 병신 쪼다. 마누라 바람났다며.

         잘못한 건 마누란디, 당신이 집을 왜 나와.

김복남2   나 이러고 있는 거 알면, 마음 돌릴지도 모르니까.

김복남1   빙신, 당신 당장 죽을 수도 있어.

          돈만 많으면 다야. 죽어서 젊어지고 가는 것도 아니고.

김복남2   잘못 살았지.

김복남1   근데, 당신 직업이 뭐여?

김복남2   증권맨. 지금은 은퇴했어.

김복남1   증권… 주식? 사기꾼은 아니제?

김복남2   (웃는다) 영화를 너무 많이 봤구만. 주가 조작!

          말이 쉽지 큰 손 아니면 힘들어. 개미들 돈은 많이 등쳐

          먹었지. 이 바닥도 돈 있는 놈이, 돈을 따!

김복남1   도박이랑 비슷하네.

김복남2   도박해?

김복남1   그럴 돈이 어딨어.

김복남2   쉽게 버는 돈, 쉽게 나가. 당신이라도 잘 살아.

김복남1   있는 놈이 없는 놈한테 할 소리는 아닌 것 같네.

김복남2   당신은 딱 봐도 착해 보여.

김복남1   낼모레 오십인데, 착하게만 살았을까.

김복남2   너무 웃기지 않아? 당신이랑 나!

김복남1   그러게. 우리 전생에 무슨 인연 같은 거 아닐까?

김복남2   난 그런 거 안 믿어. 그래도 이건 쫌… 신기하네.

어제 여기로 내가 닭을 배달 시켰고, 당신이 왔고.

김복남1　저승사자도 왔고.

김복남2　근데, 생각하면 할수록… 당신 아라비안 나이트라고 알아?

김복남1　아라.. 뭔 나이트? 이 동네 새로 생긴 나이트클럽인가.

김복남2　무식하기는.

나이트클럽, 그딴 거 아니고. 딴말로는 천일야화라는 이야긴데.

김복남1　이야기? 그럼 진즉 그렇게 말하제, 가방 끈 길다고 자랑하나.

김복남2　천 하룻밤의 이야기란 뜻이야.

왕이 처녀들을 불러서 하룻밤을 보내고 다음날은 죽여. 근데, 세헤라자데라는 처녀는 죽지 않으려고 매일 밤 재밌는 이야기를 지어내서 왕에게 들려주는 거야. 왕은 이야기가 너무 재밌어서 천 하룻밤을 같이 보내.

김복남1　이야기가 얼마나 재밌었으면. 히야~ 결국 살았네. 그 처녀?

김복남2　(얼굴을 쳐다본다) 천일야화!!

김복남1　그려, 그게 뭐.

김복남2　우리도 저승사자들한테 재밌는 이야기를 들려주는 거야.

김복남1   우와~~~~

김복남2   좋지?

김복남1   아니.

김복남2   나는 좋은데. 음… 그럼 이건 어때?

          우선 당신이 따라가겠다고 해.

김복남1   내가?

김복남2   어. 우선 그러자고. 그 뒤에 해외로 가.

          이민, 내가 다 세팅해 둘게.

김복남1   저승사자는 저승에도 가는데, 해외라고 못 찾을까.

김복남2   그러게. 귀신같이 찾겠지.

어색한 정적.

김복남1 전화기만 만지작거리고.

김복남2   전화 올 데 있어?

김복남1   그냥.

김복남2   뭐?

김복남1   그냥!

김복남2   그래.

김복남1   전생 믿어?

김복남2   과거가 뭐가 궁금해. 미래가 궁금하지.

김복남1   나는 전생에… 뭐였을까.

김복남1   (헨드폰이 울린다)

김복남2   전화 오잖어.

김복남1   알아.

김복남2   빨리 좀 받지. 기다리던 전화 아니야.

김복남1   그래. 아네~ 선생님. 네에~

            결과 나왔나요?

            별 거 아니죠? … … … (듣고만 있다) … …

김복남2   왜? 뭐 나쁜 일이야?

김복남1   (심각하다)

김복남2   (전화를 한다)

김복남2의 부인이 나온다.

부인   어, 여봉!! 별거하니까 좋아. 호텔이야?

김복남2   아니, 텐트.

부인   궁상 좀 그만 떨어.

김복남2   아, 여보. 집엔 별일 없지.

부인   별일…? 없지.

김복남2   찬이는?

부인   나갔어.

김복남2   당신은… 어때?

부인   뭐가?

김복남2   아픈 데 없지?

부인   없지. 언제 집에 올거야?

김복남2   글쎄.

부인   올 때 미리 전화해. 끊을게.

김복남2   아, 잠깐만… 여보.

부인   왜.

김복남2   나… 사랑해?

부인   사랑? 이히히히히… 당신 보약 먹어야겠다.

        남자들도 갱년기 온다는데. 끊어.

김복남2, 전화를 끊고. 하늘을 본다.

(사이)

김복남1의 눈치를 살피는 김복남2.

각자 다른 곳을 바라보며 멍을 때리는 두 사람.

김복남2   아, 생각났다.

김복남1   (계속 멍을 때린다)

김복남2   어젯밤, 꿈!! (같이 멍을 때린다)

         꿈은 진짜 맞나?

김복남1   (계속 멍을 때린다)

김복남2   꿈, 반대라는 말도 있잖어.

김복남1   우리 할머니는 꿈이 다 맞았어.

김복남2   그래….

갑자기, 분노하는 김복남1,2.

김복남1,2   (동시에) 내가 따라갈게. (서로 쳐다본다)

김복남1   내가 간다.

김복남2   무슨 소리야, 내가 가!

김복남1   억울해서 못 간다며.

김복남2   행복해서 못 간다며.

김복남1   저승사자랑! 내가 가!

김복남2   내가 간다고!!!

김복남1   (화를 낸다) 내가 간다니까.

김복남2   (받아친다) 당신은 남아, 내가 따라간다고.

김복남1   (멱살을) 미친 새끼, 어제는 못 간다고 지랄지랄 했으면서.

김복남2   (따라잡으며) 갈라면 어제 갔어야지. 그러니까 오늘 내가
         가!!

김복남1   (치고 박으며) 그래 내 손에 죽으면 갈 수 있겠네.

김복남2   (응수하며) 같이 죽자.

김복남1,2가 싸움질을 한다.

그들은 진지하지만 어딘지 코믹스럽다.

땅거미지고, 바람소리.

저승사자 삼총사처럼 등장한다.

감재   (지켜보기만) 잘 한다, 잘 한다.

직부   한 명만 죽어라. 우리는 그놈만 데려가면 끝!

감재   그래서 죽냐, 급소를 공격해.

직부   급소가 어딘지 가르쳐줘? 그래 거기!

김복남1,2 감재와 직부사자의 태도를 보고 빈정이 상해서 싸움을
멈춘다.

김복남1   (강림도령 앞으로) 나 데려가십쇼.

김복남2	(강림도령 앞으로) 나를 데려가쇼.

강림	(웃는다) 허허허~ 어제는 서로 안 가겠다 하더니

	오늘은 서로 데려가라?!

감재	참, 변덕은… 어느 장단에 춤을 추오리까.

직부	우리 엿 먹이는 거네.

	이러면 우리가 또 결정을 못해서 또 하루를 보낼까봐.

강림	오늘은 기필코….

김복남1	그러니까 나를 데려가세요.

김복남2	나, 나라고 저승에 갈 사람은 나!

강림	(골치가 아파서 뒤로 물러선다)

세 명의 저승사자 다시 의식무를 춘다.

직부와 감재사자 앞으로 나선다.

직부	지나온 날들은 모두 어제라 부르지요.

감재	남아있는 날들은 모두 내일이라 부르고요.

직부	허나, 어제도 내일도 그리 중요치 않습니다.

감재	오늘! 지금! 순간만이 흐르고 흘러갈 뿐.

강림	자! 한 명이면 족합니다. 한 명! 우리랑 갑시다.

김복남1,2	내가 간다고!!

강림, 직부와 감재, 놀라서 뒤로 물러난다.

감재   아, 몰라 몰라~ 당신들 왜 이러는지 얘기나 들어봅시다.

김복남1   말 못해.

김복남2   나도, 말 못해.

직부   돌아블겠네.

감재   우리 저승사자야. 우리가 정이 쫌 많아서 그렇지.

            우리 무서운 저승사자라고. 정 이러면 둘 다 데려간다!!!

김복남1,2   (동시에) 그러시든가.

강림도령이 직부사자와 감재사자를 부른다.

다시 분위기가 무거워지고.

강림   (단호하게) 둘 다 데려가겠다. 대신! 이건 알아둬. 당신들

            둘 중에 한 명은 명부에도 없는 의문사야. 그럼, 이승과

            저승 중간에서 떠도는 원귀가 될 거야. 그 업보는 자식들

            삼대가 받겠지. 그래도 상관없으면 알아서들 해.

김복남1,2   (눈치를 보다가, 자리에 주저앉는다)

김복남2   (울기 시작한다) <u>흐흐흐흐</u> (서럽다)

김복남1   (따라 운다) 어어어어 (더 서럽다) 어어어어.

직부   (한참을 지켜보다가) 뚝~~~!!!

김복남1   (울면서) 우리 마누라가… 암이래요.

감재   암? 무슨 암….

직부   그럼 죽나?

김복남1   지지리 복도 없는 년, 부잣집에서 태어나서 착실하게 대
          학교 졸업하고 얌전하게 있다가 시집갔으면 호강하고 살
          았을 텐데.

직부   그러게.

감재   잘못된 만남이라고 봐야지.

김복남1   못 배우고 가난한 나한테 시집와서 시엄마 병수발 다 들
          고 지가 죽기는 왜 죽어. 저 정말 죽고 싶어요.

김복남2   (운다) 으아아아아!!!

모두   (쳐다본다)

김복남2   내가 천애고아라는 건 다 알지?

          그니까 부모님 얼굴은 당연히 몰라.

          그런데, 꿈에 어떤 여자가 나타나서 막 울어.

감재   여자?

직부   어떤 여자?

김복남2   '누구세요? 누구신데 그렇게 통곡을 하세요?'

          내가 물었더니, 그 여자 하는 말이 '내가 니 엄마야'

직부   소름!

감재   개소름!

김복남2   생전 첨보는 여자가 나타나서 자기가 엄마래.

        그래서 내가 고래고래 성질을 부리면서 왜 이제야 나타

        났냐. 나를 버린거냐. 아니면 뭐냐. 내가 얼마나 좆같이

        살았는지 아느냐. 화풀이를 했지.

직부   잘했네.

감재   내 속이 다 시원하네.

김복남2   그 엄마라는 여자가 그래.

        생부는 도망가고 어린 나이에 혼자 아이를 낳자니 두렵

        고, 그래도 생명을 죽일 수는 없어서 낳기로 결심을 했다

        는 거야. 근데… 나 낳다가 죽었다네. 죽어서 미안하다

        고. 어린 나를 두고 죽어서, 엄마라는 사람이 먼저 죽어

        미안하다고.

직부,감재   (눈물을 글썽)

김복남2   아, 진짜… 나 이제 엄마한테 한풀이도 못 하게 생겼어.

        왜? 나보다 더 불쌍한 게 우리 엄마라는 여자니까.

직부,감재   (부둥켜 안고 운다) 흐흥.

김복남2   근데, 그 여자가 울면서, 빨리 병원에 가보래.

김복남1   김복남! 당신도 암이야?

김복남2   말했지, 나는 장수 유전자를 타고 났다고.

김복남1   그럼, 뭐야.

김복남2   우리 마누라.

김복남1   부인이 암이야? 우리 부인도 암인데… (운다) 꺼이 꺼이.

감재   (김복남1의 입을 막는다) 그래서요?

김복남2   내가 마시는 녹즙, 한약, 자라탕… 보약이라는 보약! 전
         부에다, 마누라가 락스를 섞었다네. 아주 조금씩.

모두   (놀라 자빠진다) 뭐어~~~

직부   청소할 때 쓰는 그 락스?

김복남2   어쩐지, 술도 잘 안 마시는데 속이 쓰리더라고.

직부   에이~ 설마.

감재   속이야 매운 음식 먹어도 쓰리고.

직부   스트레스 받아도 쓰리지.

김복남1   엄마가 그거 알려 줄라고 꿈에 나왔구만.

김복남2   나, 무서워서 우리 마누라 얼굴을 볼 수가 없어.

김복남1   여자가 바람나면 무섭다듬만. 에고~ 진짜 죽고 싶겠다.

김복남2   나, 우리 마누라 진짜 사랑했어. 바람피는 것도 용서할
         수 있어.

         나 죽이고 그 놈이랑 내 돈으로 호의호식한다고 생각하
         니까…

김복남1   그래, 당신 죽어. 더런 세상 안 보는 게 나아.

김복남2   당신은 어쩌고? 당신도 죽고 싶다며.

김복남1   들어보니까, 당신이 죽는 게 맞는 거 같아. 내가 양보할게.
          김복남! 당신 죽어도 돼.

김복남2   (속이 안 좋다) 우웩~~~

김복남1   그래, 이렇게 죽는구나.

감재   난, 그 결정 반대요.

직부   야, 니가 왜 나서.

감재   복수해야지. 죽기는 왜 죽어. 너무 억울해.
          (김복남1에게) 당신이 죽어.

직부   야, 부인이 암이야. 부인 죽고, 김복남 저 사람까지 죽으
          면 딸 결혼식엔 누가 가냐? 딸이 너무 불쌍해.
          (김복남2에게) 당신이 죽는 게 맞아.

감재   아니지, 이렇게 죽으면 원한이 쌓여서 구천을 떠도는 신
          세가 돼.
          저승의 평화를 위해서 (김복남1에게) 당신이 죽어야 해.

직부   딸 불쌍해서 부인하고 저 사람 눈이나 제대로 감겠어.
          여긴 두 명이 구천을 떠돌지도 몰라. (김복남2에게) 당신
          이 죽어!!

계속 듣고 있던 김복남1,2 빈정이 상한다.

김복남1   죽음을 훈수두네. 어디서 이래라 저래라야.

김복남2   우리가 당신들이 죽어라 하면 ‘네에‘ 고분고분 죽을 사람

들로 보여.

직부,감재   당신들이 죽겠다면서.

김복남1   그려, 때가 되면 우리가 알아서 죽을 거여.

감재   그럼 죽어.

김복남1   기분 나빠서 못 죽겠구만.

김복남2   당신들은 좀 빠져.

죽을 사람들은 우린데 왜 당신들이 죽어라 마라야.

직부   방금, 죽고 싶다면서.

김복남2   아까는 죽고 싶었는데, 지금은 아냐.

김복남1   나도. 죽고 싶다는 말 취소!

직부,감재   미치겠네.

강림도령이 감재와 직부사자를 부른다.

조인트를 까는 강림도령.

강림   우리가 실수를 했소이다. 미안합니다.

김복남2   우리도 이러고 싶지 않아요. 죽는 게 장난도 아니고.

김복남1   태어나는 것은 우리 맘대로 못해도 죽는 것은 우리 맘대
         로 할 수 있어야 그게 공평한 거 아니다요.

김복남2   이 사람 말 한번 시원하게 잘한다.

김복남1   나! 김복남이여!

김복남2   맞아, 복 복에 사내 남! 복 있는 남자!

강림도령이 김복남1,2 앞으로 가서 무릎을 꿇는다.

놀라는 감재와 직부사자.

김복남1,2 (같이 무릎을 꿇는다) 사자님! 이러시면….

감재,직부   (눈치를 보다가 무릎을 꿇는다) 미안합니다.

강림   … 송구하오. 나 저승사자 그만하고 싶소.

         죽음! 다 똑같은 거 아닙니다.

         제 명에 죽는 사람 별로 없어요. 사고로 죽는 사람.

         세월호, 이태원 사건도 그래요. 죽지 않아도 될 사람들이

         죽으면 우리도 데리고 갈 때 가슴이 문드러져요.

         우리 잘못이 큽니다. 부디 용서하시고… 오늘은 용기를

         내서 한 명만, 딱 한 명만 우리랑 갑시다.

직부   가기만 하면 우리가 잘 모실게요.

감재	당신들 착하게 살았으니까. 천당으로 갈 거예요.
직부	우리가 잘 해줄게요. 우리 빽 있어요.
김복남2	뭐, 당신들도 쫌 잘못은 있지.
김복남1	우리도 잘한 거는 없제. 이랬다저랬다!
김복남2	(속이 안 좋다) 우웩!
김복남1	(등을 두드려준다)
김복남2	비참하네. 내가 당신들 따라갈랍니다.
김복남1	(소매로 눈물을 닦는다) 친구!
김복남2	그래, 친구! 우리 여기서 그만 헤어지세.

그래, 친구! 우리 여기서 그만 헤어지세.

다음 생이 있다면, 꼭 일찍 만나서 친구하세.

즐거웠네. 친구!

대신! 우리 마누라의 만행은 꼭 매스컴을 탈 수 있게 부검을 해 주세요.

강림	큰 결심하셨습니다. 그 약속 꼭 지킬랍니다.
김복남1	내가 신문사, 방송국에 제보할게.

김복남1,2 껴안는다.

김복남2	김복남! 당신은 행복해야 해.
김복남1	고마워, 이런 결정 쉬운 게 아닌데.

김복남2   당신을 위해 죽는 게 아냐. 나를 위해서지.

김복남1   유서! 마지막 말은 남겨야지.

김복남2   유서?

김복남1   그래, 유서.

김복남2 앞으로 나선다.

김복남2   유서! 갑인년에 태어난 김복남!

          오늘이 며칠이지?

김복남1   12월 4일!

김복남2   음력 며칠?

김복남1   (헨드폰으로 찾는다) 11월 2일!

김복남2   우리 생일이잖어.

김복남1   그런가.

김복남2   태어난 날, 죽는구나.

김복남1,2 (껴안고 오열한다) 허허허허엉~~

직부   (시간이 없다는 제스처) 빨리빨리~

김복남2   김복남은 태어난 날 죽습니다.

          바람난 마누라가 락스를 먹이고~ 저를 죽이려고….

김복남1   가슴 아파서 못 듣겠소잉. (다시 김복남2를 껴안는다)

168

강림		갈 길이 멉니다. 어여 갑시다.

김복남2		네에, 사나이 한 번 죽지. 두 번 죽겠습니까.

감재,직부	(길을 안내한다) 아, 그럼… 지금부터 김복남 당신을 저
		승길로 안내합니다.

김복남2		네에~ 갑시다.

김복남1		(손을 흔든다) 저승에서는 행복해야 해.

김복남2, 저승사자들을 따라서 이동한다.

저승 문이 열린다. 빛과 함께.

김복남1		저승 가면 어머니도 만나고… 좋겠다.

김복남2		(따라가려다 말고) 어머니?

김복남1		그래, 어머니.

김복남2		잠깐!

강림		왜 또?

김복남2		갈 때 가더라도, 이건 아니지.
		그동안 어머니 제사 한번을 안 지냈어.
		저승 가서 어머니 얼굴을 어떻게 봐.
		날 버린 어머니도 아니고, 날 낳다가 돌아가신 불쌍한 어
		머니를.

강림   그럼, 어쩌라고?

조명 암전.

3장

테마 음악이 흐르다가 차차 사라지면.

곡소리 들린다.

'아이고~ 아이고~ 아이고~ 아이고~….'

조명 희미하게 들어오면 텐트 앞쪽으로 간이 제사상이 차려져 있다.

김복남2	아이고~~~~~~~~~ 아이고~~~~~~
김복남1	아이고~~~~~~~~~ 아이고~~~~~~
직부	상갓집도 아니고 제삿날 뭔 곡소리래.
감재	요즘 옛 법 따지는 사람 봤나.
직부	히야, 전화 한 통이면 제사상도 배달이 돼.
감재	요즘 돈으로 안 되는 게 어딨어.

김복남1도 제사상에 절을 한다.

술도 따르고, 향도 올린다.

감재	저 양반은 왜 남의 제사상에 절을 해?
직부	돌아가신 부모님 생각나서?

김복남1   이름도 생일도 같고, 죽는 날도 같을 뻔했던 김복남입
         니다.
         어머니, 혹시 제 어머니 보시거든 전해주세요.
         당신 며느리가 교회를 다니면서 제사를 안 지내게 되었
         으니까 너무 섭섭하게 생각 마시라고요.
         그렇다고 암은… 쫌… 제발 당신 며느리 미워 말고 살려
         주세요.
         그리고 아부지 찾으셨어요. 어머니.
감재   아버지?
직부   아버지가 실종되고 본인이 장남이라 고생을 바가지로 했
         다고 했잖아.
감재   실종… 그래 죽었는지 살았는지도 모르고 기다리는 거.
         환장하지.
직부   (등을 다독인다)

김복남1은 남은 제사 음식으로 저승사자 밥을 내온다.

강림도령과 직부, 감재사자 허겁지겁 저승사자 밥을 먹는다.

김복남2가 저승사자들에게 술을 권한다.

강림도령도 편안한 마음으로 술을 받는다.

강림   (술을 원샷)

감재   뭔 일이래?

직부   갈 사람이 확실하니까 마음이 편한 거지.

술잔이 돌고, 다들 술에 취한다.

밤하늘, 별들이 쏟아질 듯 반짝거린다.

김복남1   (노래를 부른다) 그런 슬픈 눈으로 나를 보지 말아요.

           가버린 날들이지만 잊혀지진 않을 거예요.

           오늘처럼 비가 내리면은 창문 넘어 어렴풋이

           옛 생각이 나겠지요….

김복남2   나도 닭 모가지 많이 좀 먹을 걸.

직부   가수네. 완전 가수야.

김복남2   (직부에게) 뭐 하나 물어봐도 돼?

직부   나, 왜 죽었냐고?

김복남2   귀신이네.

직부   우리 귀신 맞어.

           천한 마당쇠가 귀하고 고운 아씨를 짝사랑해서.

김복남2   상사병 걸려서 죽었구나.

직부   아씨도 나를 좋아했어.

김복남2   히야, 이룰 수 없는 사랑.

직부   혼인 전날 둘이 도망가기로 했는데.

         그걸 마님이 눈치채고, 나는 멍석말이 당해서 죽고, 아씨
         는 우물에 몸을 던져서 죽고.

김복남2   저승사자 끝내고, 만약에 다시 태어나면⋯ 뭘로 태어나
         고 싶어?

직부   당신, 교회 다닌다고 하지 않았어.

김복남2   비즈니스.

직부   아, 그랬지. ⋯ 음⋯ 다시 태어난다!

         나는 지금이 좋아.

김복남2   뭐? 머슴으로 태어나서 사랑도 못 해보고 억울하게 죽었
         는데.

         지금이 좋아?

직부   이렇게 저승사자로 사는 것도 나쁘지 않아.

김복남2   에이 거짓말. 좋은 집에서 이쁜 와이프랑 밤마다⋯ 음,
         그거!

         그 재미를 말로 할 수 있나.

직부   죽기 전에 사람들은 눈빛이 다 똑같아.

         그동안의 일들이 주마등처럼 스치고 지나가서.

         울거나 웃거나, 눈빛은 다 똑같아.

그걸 바라보고 있으면… 내가 좁쌀처럼 작게 느껴지기도
하고.

김복남2   (술을 권하며) 이럴 땐 술이 최고지. 자 건배!

감재   나는, 다시 태어나면….

김복남2   당신은 별로 안 궁금한데.

감재   이씨!

김복남2   장난이야. 말해!

감재   (술을 한잔) 사람 말고 새로 태어날 거야. 새!

김복남2   새? 자유롭게 훨훨 날아다니는 새!

손을 움직이면 새가 된다.

무대 벽에 새 한 마리가 그림자로 날아다닌다.

감재   인간만이 행복을 생각해. 그래서 불행해.
　　　근데. 동물들은 그냥… 살아. 주어진 조건을 살아내고.
　　　투정을 부린다거나 하지도 않아. 그게 얼마나 멋진 일
　　　인지.
　　　존재만으로 존재하는 것.

김복남2   어허, 이 양반들! 역시 저승사자는 뭣이 달라도 달라.

직부   당신도 저승사자가 되면 알 거야.

감재	수많은 죽음 앞에서 한 순간! 알아지는 것이 있지.
김복남2	감자, 당신도 한잔해.
감재	감자 아니고, 감재!
김복남2	지금이 감자 철이지?
감재	죽을래?
김복남2	그래, 죽을란다.

김복남1이 노래를 부르면 직부와 감재가 김복남1,2를 바라본다.

김복남1	나 어떡해 너 갑자기 가버리면
	나 어떡해 너를 잃고 살아갈까
	나 어떡해 나를 두고 떠나가면
	그건 안 돼 정말 안 돼 가지 말아.
감재	저, 두 사람! 분명 어떤 인연이 있을 거야.
직부	글쎄.
감재	감이 와.

노래가 끊어질 듯 이어지고.

'나 어떡해' 노래를 타고 과거로 돌아간다.

직부와 감재가 머리카락을 뽑아서 후 분다.

작은 불빛들이 아른거리다가 사라진다.

한쪽 무대에 붉은 조명이 떨어진다.

김복남1은 자신의 아버지가 되고.

김복남2는 어린 김복남2가 된다.

1980년 5월 광주의 영상과 함께.

총성이 빗발치고.

다리를 절면서 김복남1이 무대로 등장한다.

그림자1,2 등장.

그림자1   우리가 민족 민주화 횃불 성회를 하는 것은

이 나라 민주주의의 꽃을 피우는 것이요

꺼지지 않는 횃불과 같이 우리 민족의 열정을

온누리에 밝히자는 뜻입니다.

그림자2   해산하시오, 해산하지 않으면 발포하겠다.

이 빨갱이 새끼들~ !!!

그림자1   우리는 빨갱이가 아니다. 우리는 광주 시민이다.

헬리콥터 소리, 탱크 소리, 군홧발 소리.

총성이 낭자하다.

김복남1   오메. 요것이 다 뭣이여. 군인들 눈깔이 돌아브렀다 허
         든디.
         인자 아무한테나 총질이네.

다시 총성.

김복남1   (숨는다) 우리 복남이! 내 옆에 딸싹말고
         붙어있으라고 혔는디. 복남아! 복남아! (주위를 살핀다)
김복남2   (무서움에 얼이 빠져서 등장한다. 복남아! 소리를 듣고
         운다)

다시 총성. 놀라서 바닥에 쓰러진다.

김복남1   (김복남2를 자신의 아들로 착각하고 달려가 끌어안는다)
         복남아! (얼굴을 확인한다, 그냥 가려다가) 여그 있으믄
         클난다잉, 어여 집으로 가그라.
김복남2   (덜덜덜 떨고만 있다)
김복남1   (아이의 손을 잡고) 가자잉!! (눈앞에 총을 든 군인을
         본다)
         (손을 든다) 지나가는 길이요, 진짜여라. (철컥 소리)

178

(커지는 눈동자, 자신도 모르게 아이를 감싼다 (총성!)

다시 총성, 총을 맞고 쓰러지는 김복남1.

그 옆에서 울고 있는 김복남2. 어딘가로 숨는 김복남2.

진압군이 등장해서 김복남1의 상태를 확인하고 질질 끌고 나간다.

총성 사라지고, 눈을 뜬 김복남2 울음이 터지고, 자신의 입을 막는다.

붉은 조명이 사라진다.

다시 자리로 돌아와서 노래를 계속하는 김복남1,2.

김복남1,2　나나나나 나나나 나나나나 나나나 나나나 나나나나

　　　　　다정했던 네가 상냥했던 네가 그럴 수 있나.

　　　　　나 어떡해. 나 어떡해. 나 어떡해. 나 어떡해～～

직부　　　무식 김복남! 아버지 맞지?

감재　　　어, 그 김복남 아버지가 또 다른 김복남을 살렸네.

직부　　　그래. 그러니까 저 사람이 우리를 따라나서겠다고 한 거.

　　　　　운명이네.

감재　　　운명이라.

김복남2　나 어떡해….

김복남1　나 어떡해… 따라가지 마. (딸꾹)

김복남2　뭐어. (딸꾹)

김복남1   당신, 죽지 말라고. (딸꾹)

김복남2   취했구만. (딸꾹)

김복남1   아니, 죽어야 할 사람은 나야.

김복남2   헛소리 그마아안~~~ 나 결심 했어.

김복남2 취해서 코를 곤다.

직부와 감재사자도 코를 곤다.

삼중주처럼 협주가 되는 코골이.

김복남1, 자신이 입고 있던 잠바랑 신발을 벗어서 강림도령 앞에 모시듯 바친다.

강림도령은 정신을 차려 앉는다.

김복남1   (무릎을 꿇고) 내가 대신 죽을랍니다. 우리 부인 대신 나를 데려가시면 안 될까라?
        저, 김복남! 저 친구도 불쌍해라. 저 사람 말고 저를 데려가쇼.

강림   (미치겠다) 나한테 또 왜 이래!!!!

조명 암전.

'나 어떡해' 노래가 고조되었다가 사라진다.

4장

텐트 쪽에 부분 조명이 들어온다.

'꼬끼오~~~ '

닭 우는 소리에 화들짝 놀라는 강림도령과 직부와 감재사자.

잠시 멍하니 하늘만 바라본다.

강림　　김복남! 어디 갔어?

감재　　어떤 김복남? 아 맞다 따라가기로 한 돈 많은 김복남!

강림　　그놈 말고. 딴 놈.

직부　　아~ 그 부인 암 걸린 김복남! 무식 김복남! 그 사람
　　　　　은 왜?

강림　　(머리통을 갈긴다) 술을 작작 먹었어야지.

감재　　저승사자 밥도 차려줬는데, 안 먹을 수가 있나.

강림　　김복남! 빨리 찾아와.

직부　　어떤 김복남?

강림　　둘 다!

다시 닭 우는 소리.

'꼬기오~~~~~~'

직부　　　날 샜는데요.

부분 조명 암전.

테마 음악이 흐른다.

무대, 어둠 속에서 소리만 들린다.

소리　　　진짜, 여기가 당신 집 맞어?

소리　　　속고만 살았나. 문패 안 보여. 김. 복. 남!

소리　　　근디, 비번을 모른다고.

소리　　　보안상 한달에 한 번씩 비번을 바꾼다니까.

'띠리리링'

문 열리는 소리.

더듬거리며 김복남1,2 등장.

지하실 계단을 내려온다.

소리　　　불 좀 켜보랑께. 암껏도 안 보이잖아.

소리　　　나만 따라와. (김복남1의 손을 잡는다)

소리   참, 남자들끼리 손잡는 것도 간만이네.

기분 요상하네.

소리   아, 간지러워. 장난치지 마.

소리   흠… 우리 엄니! 평생 과일 행상을 했어.

풍에 걸리기 전까지. 늘 손에서 과일 냄새가 났어.

봄에는 딸기 냄새, 여름에는 참외 복숭아 냄새.

가을에는 사과 냄새, 겨울에는 귤 냄새.

당신 손에서는… (냄새를 맡는다)

소리   하지 마.

소리   ….

소리   왜? 내 손에선 냄새가 안 나?

소리   나. 돈 냄새!

소리   뭐! 이거 놔.

소리   쏘리 쏘리~ 나 야맹증 있어. 손 놓지 마.

근데 어디로 가는 거여.

소리   지하실.

소리   지하실은 왜?

소리   확인할 것도 있고.

소리   부자들은 금고를 지하실에 두남?

(키득키득) 우리 도둑 같다.

소리   뭔 소리야. 자기 집을 터는 도둑도 있남.

          (스위치를 찾는다) 찾았다!

지하실을 밝히는 부분 조명이 들어온다.

김복남1   히야~ 잘 사는 놈은 다르네. 뭔 지하실이 운동장이여.

김복남2   부러워하지 마. 집이 넓으면 가족들하고 멀어져.

          방이 많은 것도 별로야. 아들은 아들 방에서 와이프는 와

          이프 방에서 나는 내 방에서… 각자의 방에서 각자 외로

          운 거지.

          (뭘 찾는다)

김복남1   그래도 난 부럽구먼. 평생 내 집 마련이 꿈인디.

          금고는 어딨어?

김복남2   (뭔가를 발견하고 열어본다. 자루를 김복남1에게 내민다)

김복남1   (안을 살핀다. 무수한 락스병들) 어….

김복남2   어머니 말이 맞았어.

김복남1   우리 집도 락스 써. 화장실 청소! 그래서 있는 걸 수도 있

          잖여.

김복남2   이렇게 많이, (토할 듯) 우왝! 아 속 쓰려.

김복남1   (금고를 발견) 발견~~!!

김복남2 (다이얼을 돌린다. 금고 문이 열리고 가방에 돈다발을 담는다.)

김복남1 우와~~~ 은행인 줄, 현금이 왜 이라고 많당가.

김복남2 현금이 추적이 안 되니까.

김복남1 검은 돈? 아~ 개미들.

김복남2 (가방을 내민다) 이 정도면 당신 딸하고 마누라, 먹고 살거야.

김복남1 (가방을 밀친다) 내가 이 돈을 어찌고 받어.

김복남2 우리 아들하고 마누라한테는 돈으로 할 수 있는 건 이미 다 했어.

이젠 나도 자네처럼 진짜 아빠가 해야 할 일을 좀 하고 떠날까 해서.

김복남1 당신이 왜 떠나. 당신 잘못한 거 없는디.

김복남2 아니, 생각해 보니까, 지금까지 내 인생에서 돈하고 일 빼면 남는 게 없어. 돈이면 다 될 거라고 믿고 살았으니까. 아들이 그래, 자기 나이가 몇 살인지는 아냐고. 생일이 언젠지, 자기 꿈이 뭔지 아냐고.

김복남1 직장 생활하면서, 우리 나이에 그렇게 안 사는 남자가 어딨으까.

김복남2 같이 여행가자고, 같이 밥 먹자고, 마누라가 입버릇처럼 말했거든. 바쁘다는 핑계로 늘 무시했어.

돈만 벌어다주고 명품백만 선물하면 기뻐할 줄 알았어.

김복남1 그건… 아따, 그란다고 락스를 타냐.

김복남2 돈 맛을 본 거지. 이놈의 돈이 문제야.

돈도 사라지고, 나도 죽으면… 혹시 우리 아들 인생 달라

지지 않을까. 바람난 마누라, 땅을 치며 후회하지 않을까.

김복남1 드라마에서나 그라제. 속으로는 깨춤을 추겠제.

니 앞으로 보험도 많다메. 그 돈으로 또 그놈이랑 잘 살

겠제.

김복남2 (괴로운 듯) 그럼, 어쩌지.

김복남1 어짜긴 내가 죽는다니께. 이 돈 정말 나 줄 거여?

김복남2 다 가져 가.

김복남1 돈으로 못 고치는 암이 어딨겠어. 내가 따라갈게.

자네는 걱정하지 마. 마누라랑 이혼하고 다시 새 인생

살아.

김복남2 그냥 당신도 살아. 그놈들 따라간다고 하지 말고.

내가 돈 준다잖아. 고민 없잖아.

김복남1 한 명이 죽어야 끝나는 게임이여.

김복남2 우리도 하자! 천일야화! 우리 오늘까지… 버티면 삼일

이고

계속 죽네, 못 죽네, 버티자. 저승사자가 들어도 재밌는
이야기, 우리 살아온 이야기 들려주고.

김복남1　하긴 책으로 내면 열두 권도 넘제.

빗소리.

김복남1　오메, 비다~

두 사람 가만 빗소리를 듣는다.

김복남1　나 대리운전 했을 때.

김복남2　대리운전도 했어? 당신도 참 직업이 몇 개야.

김복남1　안 해 본 일이 없제. 내 차도 아닌데. 차만 타면 왜 이렇
게 마음이 편한지.
자동차는… 악셀을 밟으면 앞으로 가, 브레이크를 밟으
면 서, 왼쪽 오른쪽 다 내 맘대로 할 수도 있어.
차안에서는 내가 사람 같드라고.

김복남2　차 이야긴 꺼내지도 말어. 운전기사랑 바람난 와이프도
있어.

김복남1　그래, 차는 후진은 있는디, 인생은 빠꾸가 없제.

김복남2   어릴 때 꿈이 뭐였어?

김복남1   그런 거 없었어. 하루하루 먹고 살기 바빠서.

김복남2   노래 잘하던데, 가수했음 잘 했을 거야.

김복남1   이 얼굴로?

김복남2   하긴.

김복남1   뭐!

김복남2   요즘 것들 다 성형빨이야. 너도 할 수 있어.

빗소리.

김복남1   오늘이 마지막 밤일 수도 있겠네.

김복남2   (속이 쓰리다) 그래, 나 결국 락스 중독으로 죽는 거야.

김복남1   사람 그렇게 쉽게 안 죽어.

          치킨 배달하다가 사고로 죽는다면 몰라도.

김복남2   사람 그렇게 쉽게 안 죽는다며.

          지금껏 무사고 배달 아냐?

김복남1   그치.

김복남2   김복남!

김복남1   어.

김복남2   너, 내일 죽어. 그럼 오늘 하루 뭐 할 것 같아.

김복남1   …한 번도 생각해 본 적이 없는디.

김복남2   지금부터 생각해 봐.

김복남1   …어렵다.

김복남2   어려워? 난 늘 오늘이 마지막이다 생각하며 살았어.

늘 혼자 결정하고 혼자 해결하는 버릇이 생겨서.

김복남1   외로웠겠다.

김복남2   내일이 없는 것처럼 살았지.

김복남1   그래서 니는, 내일이 진짜 없다면 지금 뭐 할건디.

김복남2   (웃는다) 모르겠다.

김복남1   가족 여행 한 번도 못 갔담서.

김복남2   나랑 가고 싶을까… 싶어서.

김복남1   으째, 당신 멋진 아버지 맞아. 돈 잘 버는 거! 그게 쉽나.

김복남2   우리 와이프, 참 미인이야.

연애하던 시절에 독감에 걸려서 회사도 못 나가고 앓아

누워 있었는데, 집에 와서 죽을 만들어 줬어.

손목 한번 잡혀주지 않던 깐깐한 여대생이 생전 처음 죽

을 만들어 주더라고. 밍밍한 흰죽!

근데, 나 처음으로 아~ 이 여자 끝까지 지켜주고 싶다.

목숨 걸고 지켜주고 싶다. 이런 욕망이 일었어.

내 인생에 첫사랑이자 마지막 사랑….

김복남1   천벌을 받을 년.

김복남2   내가 그렇게 만들었어.

빗소리 거세진다.

갑자기, 집 밖에서 벼락이 친다.

김복남1   친구! 천일야화… 그거 지금 시작하끄나.

         나, 당신한테 들려주고 싶은 이야기가 있는디.

벼락이 치는 소리.

김복남1   그날도 비가 억수같이 쏟아지고 벼락이 쳤던가.

         대낮부터 소주를 마셨제. 동업하자던 깨복쟁이 친구한테

         사기를 당하고, 사채 빚 독촉 전화는 빗발치게 오고.

         어머니 입원비랑 딸 유치원비도 못내서 쩔쩔매고 있을 때.

         피가 말라가는 느낌… 아~ 여기가 지옥이구나.

         마누라가 불쌍했어. 나만 만나지 않았다믄… 나를 원망

         하고 있겠지 생각하니께 미칠 것 같듬만.

과거 김복남1이 살았던 단칸 지하방.

어린아이를 안고 자고 있는 부인.

김복남1이 그 부분 조명 속으로 들어간다.

방안 화로에 번개탄을 피우기 시작한다.

좁은 방안은 삽시간에 연기가 자욱해진다.

잔기침을 시작하는 부인.

김복남1은 부인 곁에 눕는다.

더 심하게 기침을 하는 부인. 그리고 김복남1도 기침을 한다.

부인　　　여보~ 나… 살고 싶어. (부인 쓰러진다)

김복남1 일어나서 사방을 쳐다본다.

망설이다가.

김복남1　　(쓰러진 부인을 부축해서 나간다, 다시 들어와서 아이를

　　　　　　안고 나간다)

부분 조명 사라지고.

연기 속을 걸어 나오는 김복남1.

김복남1　　여보, 나 살고 싶어! 나를 쳐다보면서 살고 싶다고…

그때 그 눈빛을 잊을 수가 없드라고.

김복남1   (김복남2를 바라본다)

그때 후유증으로 우리 딸, 별이! 인지기능 저하, 사지 마비가 와브렀어.

중증 장애인이 된 거제. 시집간다는 것도 다 거짓말이여.

나만 죽는 건 무책임하다고 생각했그든.

나 없이 빚쟁이들한테 시달릴 남은 가족들이 불쌍했어.

… 살인인디 살인이라는 생각을 못한 거여.

김복남2   사람들이 착각하는 것이 있어.

시간이 지나면 다 잊힐 거라는 생각.

김복남1   그 뒤로 와이프 눈을 못 쳐다보겄어.

그날의 일은 서로 잊자고 부인이랑 다짐했제만, 그게 잘 안 돼.

김복남2   당신도 참. 힘들었겠네.

김복남1   지금 아내가 암에 걸린 것도 다 내 업보여.

(오열하며) 분명 죄 많은 나를 잡으러 온 거라고, 천벌!

천벌을 받은 거제.

김복남2   자네도 나처럼 실수를 하고 덮으려고만 했구만.

생각해 보니까, 우리 와이프 불쌍해.

명품백은 천진데, 여행가서 찍은 가족사진이 한 장 없어.

둘이 이야기를 해도 추억할 이야기가 없다는 게.

김복남1　난 당신이 부럽네. 그래도 가족들한테 물려줄 돈이라도 있잖여.

김복남2　다 내 잘못이야. 내가 오죽 미웠으면 죽이고 싶었을까.

김복남1　(오열한다) 나는 살인자여. 비겁한 살인자!

내 딸이 저렇게 된 것도 다 나 때문이구만.

내가 죽게 해주게. 아니 내가 죽었어야 맞어.

김복남2　남겨질 가족들… 그들은 어쩌고. 실수는 한 번으로 족해.

김복남1　(가방을 끌어안으며) 이 돈 나 줘. 그럼 우리 마누라, 우리 딸.

다시 행복해질 수 있어.

김복남2　김복남!! 나를 봐! 돈은 그냥 돈이야. 나는 이제 돈이 무섭네.

돈으로 행복을 살 수 없어.

김복남1　아니, 나는 돈이라도 주고 죽어야겠어.

김복남2　그래도 당신은 가족들이 당신을 기다리잖나. 난 아니야.

김복남1　다 돈 때문이여. 돈만 있었어도. 징글징글한 돈!

김복남2　돈이 독이 될 수 있다니까. 돈이 답은 아니야.

돈가방을 사이에 두고 옥신각신.

결국 돈가방이 찢어지면서 돈이 사방으로 흩어진다.

김복남1   …이게 전부라고, 인생이 이라고… 하찮다고. 너무 억울
          하잖여.

김복남2   곧 오십이라고. 무작정 앞만 보고 달려왔는데.

김복남1   열심히 살아온 것뿐인디, 벌써 나이 오십이라니.

김복남2   돌아보니, 나란 사람은 어떤 사람인지 뭘 해야 행복해지
          는 건지,

          그걸 모르니까 와이프, 아들의 행복을 알 리가 없지.

김복남1   우리 마누라한테 그날 일! 빌 거여. 별이한테도.

김복남2   오십이면 우주 삼라만상 돌아가는 이치를 깨닫는다는데
          정말 오십이 되면… 그럴까.

빗소리.

김복남1   나, 살고 싶어.

김복남1의 오열하는 소리와 섞인다.

두 사람 한동안 빗소리를 듣는다.

조명 서서히 암전.

5장

무대 밝아지면

다시 공원.

텐트는 사라지고 데크에 김복남1,2가 무릎을 꿇고 있다.

두 손을 싹싹 빌며.

김복남1　우리 못 가겠소.

김복남2　네에. 어떤 벌이라도 내려주세요.

　　　　우리! 아직은 죽을 수 없어요.

강림　　우리! 우리?

김복남1　네에. 우리! 우리요 의형제 맺기로 했어라.

김복남2　다음 생이 있을지 없을지도 모르고,

　　　　지금! 오늘을! 살아보기로 서로 약속했습니다.

직부　　남들이 들으면 사랑의 서약이라도 하는 줄 알겠네.

감재　　가자고, 쫌 아무나 가자고.

직부　　간다, 못 간다.

감재　　내가 간다, 니가 간다!

직부　　우리랑 약속한 거는 뭐요.

김복남2   내가 바뀌면 우리 마누라도 아들도 달라지지 않을까요?

          돈 다 필요 없습니다. 이 돈 다 드릴게요.

직부   저승 갈 때 돈 가지고 갑니까.

감재   우리도 필요 없어요.

김복남1   우리 오십까지 살아보고 싶어졌구만요.

          이렇게 못난 아버지로 생을 마감하고 싶지 않어라.

김복남2   그때까지만, 제발~~~ 며칠 안 남았습니다.

          죽더라도 멋지게 죽고 싶어요. 여한 없이요.

김복남1   딱 오십까지만 살게 해 주세라. 네에?

김복남2   그때는 아무나 진짜, 아무나… 아니 둘 다 데려가셔도.

강림   (눈을 감는다) ….

직부,감재   (망연자실)

직부   이러다 우리까지 짤려요.

감재   어쩔 수 없네. 둘 다 데려가죠.

김복남1,2   살려주세요.

강림이 직부와 감재를 부른다.

강림   이제는 결단을 내려야 해. 계속 끌려 다닐 수 없잖나.

직부   내 말이요.

감재   그거… 말해버려.

직부   뭐?

감재   실종된 아부지… 광주!

강림   광주? 그건 또 무슨 소리야.

직부   아, 아무것도 아니에요.

감재   무식 김복남 씨요… 아부지가

직부   (감재의 입을 막는다) 별일 아니에요.

감재   락스 김복남을 구하다가 죽었어요. 그걸 알면 무식 김복
        남이 가만 있겠어요. 자기 아빠 죽게 한 사람인데. 아니
        지 락스 김복남이 그렇지 않아도 락스 사건으로 죽고 싶
        다고 했으니까 양심의 가책을 받고 자기가 죽겠다고 할
        거 같은데. 맞지?

강림   니들… 나 몰래.

직부   (싹싹빈다) 송구합니다. 술이 과해서… 과거의 업보를 보
        면 안 되는데.

강림   미친!

감재   직부 성님은 아무 잘못 없어요. 제가 보자고 했어요.

강림   니들, 나 그리고 저 사람들… 전생에 전생!
        과거에 과거 뒤지면 어떻게 얽여 있는지 알 수 없어. 누
        가 누구를 죽였는지 살렸는지 공덕인지 과오인지 아무도

모르는 판도라의 상자를 왜 열어봤어.

감재　　다 열어보진 못하고 살짝!

강림　　확!

감재　　죽여주십시오.

강림　　아무리 봐도 너랑 나랑은 전생에 지독한 악연이 있을 것
　　　　같다.

　　　　지금부터 너는 입 다물어라.

직부　　(감재의 입에 테이프를 붙인다)

감재　　….

강림　　가자.

다시 자리로 돌아온다.

김복남1　　방법이 없으께라?

강림　　없소이다.

김복남2　　이렇게 가는 건, 아니잖아요.

김복남1　　이건, 운명이다! 생각했구만요.

김복남2　　(김복남1을 쳐다본다)

김복남1　　우리 두 사람을 만나게 한 운명.

　　　　강림도령님! 당신은 아시잖어라.

강림　　　나… 몰라요!

김복남1　당신들이 저승에서 찾아온 이유.

김복남2　우리 두 사람을 찾아온 이유.

김복남1　다시 살라고.

김복남2　백세 인생에서 겨우 반환점을 도는 나이 오십에

　　　　　새로운 인생 2막을 열어가라고.

김복남1　그거 아닐께라?

강림　　　미치겠네.

김복남1,2 머리를 조아린다.

김복남1　죽는 순간에 정말 잘 살았다! 웃으며 죽고 싶구만요.

김복남1,2　살려주십시오!!!

감재　　　(운다) 흑흑….

직부　　　(같이 운다) 아아아~

강림　　　(하늘만 쳐다본다) … 뚝!!

감재,직부　(울음을 그친다)

강림　　　오늘은 꼭, 가야한다니까요.

김복남1　그라믄, 우리 이야기를 더 들어보시겠소.

김복남2　아직 다 풀어내지 못한 이야기들이 많아요.

강림　　　마지막에 왜 이래요.

김복남1　마지막이니께.

김복남2　다음은 없으니까.

강림　　　올 것은 지금이 아니어도 옵니다.

　　　　　지금 오면 장차 오지 않고

　　　　　장차 오지 않으면 지금 올 겁니다.

직부와 감재는 울음바다.

김복남1,2는 서로 끌어안고 못 가겠다 버티고 있다.

강림　　　이제는 어쩔 수 없소이다. 이승에만 공권력이 있는 게 아
　　　　　니요.

　　　　　의문사고 뭣이고 둘 다 갑시다. 김복남!!

김복남1,2　네에!!

강림　　　시작하시오.

직부,감재　(마음을 추스르고 일어나 김복남1,2를 끌고 가려고 한다)

김복남1,2　(끌려가지 않으려고 악다구니) 웬수! 사자들….

시위 현장처럼 끌려가지 않으려는 자와 끌고 가려는 자의 몸짓.

김복남1   아! 나 생각났구만. 당신. 김복남! 나 길거리 행상
         할 때….
         단속반 떠서 내 리어카 뺏어가려고 했을 때… 당신이 도
         와줬제?

김복남2   여의도?

김복남1   그려, 여의도. 뭔 행사만 있으믄 행상하는 우리 꼴이 부
         끄러운지 도시 정화 어쩌구 저쩌구….

김복남2   아, 그때? 너무 심하게 두들겨 패길래… 내가 사진 찍어
         서 시청에 민원넣었지.

김복남1   김복남! 이름만 보고 내가 꼰지른 줄 알고 찾아와서 승질
         을 내드라고. 바쁜 양반이 왜 그런 거여.

김복남2   단속반 그놈들이 '김복남씨! 이건 불법이에요. 김복남씨!'
         같은 김복남 입장에서 살짝 기분이 나빠서.
         다 먹고 살자고 일 나온 사람을….

김복남1   그때, 리어카 뺏겼으면 힘들었을 거여.
         김복남! 사랑해. (김복남2를 끌어안고 뽀뽀를 한다.)

김복남2   남자끼리 이러는 거 아녀.

직부   내가 그랬지, 요 두 사람 운명. 엄청 엉켜붙어 있다고.

감재   잉. 지금도 엄청 엉켜붙어 있어.

강림   (눈치를 준다) 어허!

직부와 감재는 이 둘을 끌고 가려고 안간힘.

이때, 멀리서 꼬부랑 할아버지 한 분이 지팡이를 짚고

비뚤비뚤 걸어온다.

백발을 휘날리며. 지팡이로 강림을 내리친다.

강림		왜 이러세요?

할아버지	왜 이러세요? (또 때린다) 이런 싸가지!

강림		(막으며) 할아버지, 대체 왜 이러시냐구요.

할아버지	일 똑바로 안 할거여?

강림		네에? 어르신! 무슨 말씀이세요.

		차근차근 말씀하세요.

할아버지	차근차근 좋아하네.

직부		할아버지, 이분이 누군 줄 아시고….

할아버지	누구긴, 시커먼 놈! 저승사자지.

감재		우, 우리들을 아세요?

할아버지	제삿날 바뀌면 찜찜한 거 몰라. 갈 때가 한참 지났는데,

		여태 뭐하고 내가 찾아오게 만들어.

직부		혹시… 누구신데요?

할아버지	김…

모두		김…

할아버지   복… 남!

모두   (놀라며) 네에!!! 김.복.남.!!!

김복남1,2 김복남!!!

모여 있던 김복남1,2와 저승사자들 놀라서 자빠진다.

각각의 배우들 표정으로 스틸 컷!

감재,직부   (어, 이게 뭐야)

김복남1,2 (김복남이 또 있네. 그럼)

감재,직부   (지금까지 우리 뭐 한 거야)

김복남1,2 (죽었어, 저승사자!)

강림   (찾았네, 진짜 김복남!)

김복남1,2 (강림을 째려본다, 죽었어)

강림   (웃으며, 살았다!!)

도망다니는 강림, 직부, 감재! 쫓아다니는 김복남1,2!

부분 조명, 스틸 컷으로 사진처럼 지나간다.

조명 암전.

테마곡 나온다.

6장

부분 조명.

'노래하는 의형제 치킨집' 간판에 불이 들어오고,

도마 위 칼질 소리 경쾌하다.

닭 튀겨지는 소리,

어디선가 통기타 소리, 노래가 울려퍼진다.

소리   김복남 사장님!

김복남1   (기타를 치다말고 돌아보며) 네에!!

김복남2   (닭을 튀기다가 돌아보며) 네에!!

소리   치킨 배달이요!!

김복남1,2   (동시에) 네에!!

테마곡 나오면서

커튼콜.

〈우리다〉, 〈김복남 죽다 살다〉 고은정 作

조훈성(한국지역문화예술연구소 온 대표
월간 한국연극, 계간 한국희곡 편집위원)

작가의 첫 무대지시문, 대도시의 쪽방촌, 위쪽으로는 반짝이는 고층건물과 계단, 아래쪽으로는 공동화장실과 좁은 골목길을 상상한다. 극중 '고시원', '최배달', '강프로', '백반장', '갱번할매', '독거할매', '구라할배', '슈퍼맨'과 그의 아내 '띠엔', '소녀', '배달청년' 등 극중 등장하는 다양한 인물들은 쪽방촌에 모여 사는 빈궁한 공동체의 소외와 고립을 말해줄 참이다. 이 연극은 언제 들이닥칠지 모르는 재개발의 위협, 노인과 청년의 소외, 이주여성 문제, 청소년 가출과 미혼모 문제까지 우리 사회의 주변부 인물들을 작품 제목 〈우리다〉의 중의적 제목에 모두 담아내고 있다.

먼저 이 희곡에서 주목한 부분은 인물과 공간의 상징성이다. '쪽방촌' 위쪽의 고층 빌딩과 아래쪽의 공동화장실이 공존하는 무대 배치는 작가의식이 무척 선명하게 드러난다. 계단 위, 아래라는 수직적 공간 대비를 통해 자본주의 도시의 계급적 경계를 단면화하면서 한국 사회의 극단적 양극화를 시각적으로 구현하고 있기 때문이다. 극중 주변 인물들 역시 모두 사회적 낙오자, 이주민, 고령자, 미혼모 청소년 등으로, 한국 사회의 주변부를 집약해낸다. 그리고 그들 특유의 아무렇지도 않은 듯 과장된 입담과 유머러스한 대사는 절망적 상황 속에서도 인간 존엄과 연대 가능성에 대한 작가적 고집을 보여주고 있기도 하다.

이 연극에서 특히 인상 깊었던 것은 극 중 '귀신이 산다'는 모티프다. 쪽방촌의 각 방에는 과거에 죽은 이들이 산 사람들과 여전히 동거한다는 설정이다. 이는 '사회적 실격자', 사회가 버린 사람들의 죽음이 망각되지 않고 여전히 '현재의 공동체'에 존재해 있음을 말하면서, 리얼리즘적 무대에 초현실적인 장치로서 사회적 망각이라는 집단기억을 환기시킨다. 한편, '우리'라는 이름을 가진 아홉 살 아이의 시선을 중심으로 사회적 약자들의 고단한 일상과 잊혀진 삶을 무대화하는데 이는 단순한 사실 재현에 머무는 것이 아니라, 소외된 타자를 바라보는 가장 '순수한 눈'을 통해 사회 불평등의 구조를 표면화해내고 있다는 점에서 눈에 띈다. 또 동시에 '소외된 타자들의 울타리'라는 공동체적 연대의 가능성을 모색한다는 점에서 우리는 이 작품을 우화적 장치가 결합된 사회극으로써 특별한 관심을 두지 않을 수 없게 된다. '우리'라는 이름은 곧 '나'와 '우리(공동체)'의 동시적 의미이기도 하면서 극 전체의 윤리적 기준점이라 할 수 있다.

그럼에도 불구하고 연극은 따듯함과 웃음을 잃지 않는다. 희극과 비극의 교차는 특히 작가가 신경 쓴 부분이다. 시종 주변인물의 담배 한 갑도 아니라 몇 개비를 놓고 벌이는 내기판의 농담과 허풍, 대거리 등의 희극적 장치는 무거운 극적 분위기의 부담을 덜어내지만, 또 한편으로 복선처럼 재개발 철거, 죽음 등 이내 비극적 사건으로 이어지며, 결국 관객은 희망적 결말에 대한 일말의 기대에서 냉정한 현실을 직시하게 한다. 극중 최배달의 대사 한 토막, "울 아버지는 보해가 데려갔다"는 말에 쓴웃음이 나온다. 전라도 지역의 소주 이름이기도 한 '보해', 술로라도 버티고, 술에다가 의지할 수밖에 없는 사회 주변부 인생을 집합시켜 그들의 목소리를 희곡으로 읽는다.

〈우리다〉는 '아이의 눈'을 빌려 무너진 사회공동체를 재서술함으로써, 사회비판과 동시에 윤리적 대안을 묻고 있다. 다소 아쉬운 것은 주변부 인물을 집합시키면서 인물의 비극적 사건들이 연쇄적으로 과도하게 배치돼 서사적 밀도가 떨어진다는 것과, 희극적 장치로 마당극적인 유형화되고 과장된 캐릭터가 작품의 첨예한 계층 갈등과 사회고발의 긴장을 희석시킬 수 있다는 한계가 엿보인다. 그럼에도 불구하고 고은정 작가의 〈우리다〉는 동시대적 연극이 주목하고 있는 '소외'의 문제에 천착하고 참 공동체의 질문과 그 연대의 문제를 날카롭고 따뜻하게 제기하고 있다. '소녀'와 '우리'의 대화 중에 '우리'가 "어, 그러니까 혼자 있다고 생각하지 말고, 항상 주위를 둘러보면 외롭지도 않고 슬프지도 않고 힘이 난다고 했어. 우리는."이라고 말한다. 그렇다, '우리'는 '우리'여야만 한다.

〈김복남 죽다 살다〉라는 제목이 눈길을 끈다. '죽음'은 흔히 절대적이고, 되돌릴 수 없는 것으로 여겨지는데, 이 작품은 바로 그 '죽음'의 절대적 경계를 무너뜨리면서 두 명의 동명이인 '김복남'을 무대 위로 끌어온다. 극 전개는 이들이 저승사자 앞에서 자신의 삶과 죽음을 두고 논쟁하는 과정을 코믹하게 형상화하고 있는데, 저승사자는 누구를 데려가야 할지 우왕좌왕하게 된다. 이로써 연극에서 '죽음'은 코믹한 오해와 흥정, 우연과 선택 속에 흔들리며 더 이상 숭고하고 비극적인 사건이 아니게 된다. 우리는 이 작품에서 두 명의 김복남, 두 개의 삶을 통해 '더 가치 있는 삶'에 대한 질문과 동시에 '5월 항쟁의 역사적 공간', '사회적 불평등'과 같은 역사적, 사회적 메시지까지 발견하게 된다.

극의 중심에는 동갑내기, 동명이인 '김복남' 두 인물이 있다. '김복남1'은 가난한 집안의 장남으로 태어나 배달 일과 생계에 매달려 가족을 위해 헌신한 인물인 반면 '김복남2'는 천애고아로 태어나 치열한 노력 끝에 자수성가했지만, 돈과 권력, 성공에 매달리며 공허한 삶을 사는 것으로 설정되어 있다. 흥미로운 점은 두 사람이 전혀 다른 환경에서 살아왔음에도, 결국 같은 운명의 자리에서 저승사자 앞에 나란히 서게 된다는 것이다. 관객은 무대에 마련된 이들 삶의 '증언극'을 들여다보며 '가치 있는 삶'의 선택을 직면하게 된다. 죽음을 앞두고 각각의 생을 증언하면서 "당신이 죽어야 한다."고 억울함을 토로하는 모습은 희극적 장치이지만, 인간의 '죽음'에 대한 일반적 두려움과 이기심을 발견할 수 있기도 하다.

특히 이 작품에서 묘미는 '저승사자'다. 우리가 익히 알고 있는 전통설화의 저승사자는 두려움의 존재로 그려지곤 하는데, 언젠가부터 우리는 곧잘 저승사자를 희화화할 때가 종종 있다. 〈김복남 죽다 살다〉속에서도 생, 사를 결정지어야할 저승사자들은 의외로 허술하고 인간적이다. 시류를 들먹이면서 '트렌드'를 이야기하고, 헌정 첫 전 대통령 부부 동시 구속이라는 초유의 사태가 벌어지는 오늘을 예견이나 한 듯이 시의성 있게도 뇌물에 유혹당하고, 서로 서열 싸움을 한다. 이들의 모습은 관객에게 친근한 웃음을 주면서도, 동시에 사회권력의 부조리와 권위의 무능을 풍자하는 것으로 보인다. 마치 이 시대의 관료 조직처럼 비쳐지는 저승사자들의 세계는 이 작품을 특별한 시선으로 바라보게 한다.

한편, 저승에 데려가야 할 이의 선택은 쉽지 않다는 작가의 의도는 군데군데 선명하게 드러난다. "착한 사람을 살려주고, 나쁜 사람을 데려가야 한다."는 것이 쉽지 않다는 것은 그만큼 우리 삶을 단순히 선악으로 구분 짓고 가르는 게 쉽지 않다는 것을 말해주는데, 우리는 작품을 통해 각각의 '얼룩'을 발견할 수 있어야 한다는 작가의 메시지를 주목하게 된다.

〈김복남 죽다 살다〉는 표면적으로는 블랙코미디다. 당장 죽을 두 명의 김복남이 치킨을 나눠 먹으며 티격태격하는 장면이나, 저승사자들과 함께 술을 마시는 장면은 열린 연극으로써 관객을 폭소하게 만들 수 있는 장면이기도 하다. 하지만 이 작품에서 가장 중요한 것은 웃음 뒤에 숨겨진 비극적 진실에 있다. 김복남1의 아내가 암 투병 중이라는 사실, 김복남2가 믿었던 아내의 배신과 살해 시도, 그리고 어머니를 알지 못한 채 고아로 살아온 상처도 남다르게 읽힌다.

이러한 이중적 정조는 전통연희나 마당극의 정서와 결부될 수도 있고, 차별적 작가의식의 개성으로 봐질 수도 있을 것이다. 우리는 '죽음 앞'에서야 비로소 알게 되는 지금까지 자신이 살아온 길을 돌아보게 된다. 두 김복남의 삶의 고백, 즉 가난이 서러웠던 기억, 가족을 향한 사랑, 성공과 배신, 부모와의 인연 없는 생은 우리 모두가 품고 있을 아픔, 상처의 사금파리 한 조각일 수 있다. 결국 작가는 언제 죽느냐가 아니라, 어떻게 살아가느냐에 대한 질문을 우리에게 던지고 있다고 보여진다.

'김복남'을 읽다가, 대사 한 토막 적어본다. "내 이름이 흔하다지만, 내 삶은 흔하지 않았다."라는 말, 흔하지 않는 삶, 어쩌면 그것 일개인만이 아닌 우리 고난의 역사를 곱씹을 만도 하다. "너나 나나, 결국 같은 복남이구먼."이라는 대사에 왜 그렇게 마음이 쓰이는지 모를 일이다. (*)

누군가가 말했다, 자신이 누구인지 알려면 명상을 하라고.

그래서 나도 명상을 한 적이 있다. 그러나 번번이 명상하던 중 한 아이를 만났다.

늘 같은 길을 헤매는 아이, 눈빛만 봐도 상대방의 심연이 느껴지는 아이, 꽃들의 말을 인용하는 아이, 백과사전을 펼치며 여행을 하는 아이.

황 여사! 나는 우리 친정엄마를 황 여사라고 부른다. 치매에 걸리기 전 황 여사는 고백 아닌 고백을 하면서 '미안허다잉' 하셨는데 그 내막은 내가 초등학교에 들어가기 전에 두 번의 사건 때문이었다.

어려운 살림에 입 하나 덜 요량으로 부모님은 나를 장흥 외갓집에 종종 맡기셨다. 어렸지만 눈칫밥이 뭔지 알게 되었다. 학교 팽나무 구멍이 내 아지트가 될 만큼 혼자만의 세상에 빠졌다. 그러다 한 번은 넝마주이 꼬임에 따라나섰다. 장흥 장터를 수소문해서 바로 찾기는 했지만 지금 생각해도 아찔하다.

또 한번은 노부부의 양녀로 보내려고 했다는 것이다. 말이 양녀지, 그 당시면 식모살이일 가능성이 크다. 그때 기억은 아직도 생생하다. 응접실에 걸린 수묵화며 커다란 소파, 그리고 집안에서 풍기던 냄새, 창가로 밀려 들어오던 햇살의 온기… 그리고 그 고운 아주머니가 건네주던 달디단 미숫가루의 맛. 나는 빵꾸난 양말이 신경 쓰여 자꾸만 발을 꼼지락거렸다.

엄마는 말했다, 아무리 먹고 살기 힘들어도 자식을 보낼 수는 없었다고.

극단 갯돌은 고향 같은 곳이다. 그곳에서 평생 반려자를 만났고 광대를 꿈꿨으며 작가로서 다양한 작품을 써볼 기회를 얻었다. 마당극, 뮤지컬, 악극, 축제 개막극, 시민야외극, 시민오페라, 시민영화, 시나리오, 멘트, 시… 요즘은 이런 생각이 든다.

참 열심히 썼고 그만하면 됐다! 극단에서 필요한 글쓰기가 집밥이라면 가끔 외식도 하고 싶은 것처럼 이제 새로운 글쓰기를 시작해야 할 때다 싶어 장르를 고민 중이기도 하다.

공모전에서 떨어지고, 무대에 올려지지도 못한 작품들 중 두 편, 〈김복남 죽다 살다〉〈우리다!〉를 희곡집1로 묶는다. 잘나지 못한 자식을 혹은 나 자신을 바라보는 듯 안쓰러운 면이 없지 않다.

내 사주에는 물이 많다고 한다. 계수! 시냇물이 졸졸졸 흘러서 큰 바다로 향하는 것처럼 나도 졸졸졸 흘러서 더 다양한 장르의 글쓰기를 해내고 싶다.

평생 글을 써서 먹고 살고 싶다는 꿈이 현실이 되려면 더 부지런해야 할 테지만 나는 나를 알고, 그냥 믿는다.

이번 책이 현실에 존재하도록 지원해 준 전남문화재단에 감사드린다.

내 삶의 의미. 정남! 다흰!

그냥 살아있음만으로도 든든한 황 여사! 그리고 우리 가족!

끝으로 마음의 고향, 갯돌 선배님, 후배님!

고맙고, 사랑합니다.

2025년 9월

고은정

김복남 죽다 살다

고은정 희곡집

초판 발행일 2025년 9월 30일

저자 고은정

편집 박인애
디자인 여YEO디자인

발행인 박인애
발행처 구름바다
등록일 2017년 10월 31일
등록번호 제406-2017-000145호

주소 파주시 노을빛로 109-1 301호
전화 031-8070-5450, 010-4301-0736
팩스 031-5171-3229
전자우편 freeinae@icloud.com
인쇄 (주)공간코퍼레이션

ⓒ고은정
ISBN 979-11-92037-15-8 (03810)
값 15,000원